DANSEN OP BLOTE VOETEN

Dansen op blote voeten

NICOLE DERYCKER

Davidsfonds/Infodok

Voor Jetty Roels die me de wereld
van Bharata Natyam leerde kennen.

Derycker, Nicole
Dansen op blote voeten

© 2009, Nicole Derycker en Davidsfonds Uitgeverij nv
Blijde Inkomststraat 79, 3000 Leuven
www.davidsfondsuitgeverij.be
Vormgeving cover: Daniël Peetermans
Vormgeving binnenwerk: Sin Aerts
Omslagfoto: © Corbis, Bruno Morandi en Robert Harding

D/2009/2952/19
ISBN 978 90 5908 303 5
NUR: 284
Trefwoorden: adoptie, dans, India, moeder-dochterrelatie

STICHTING NEDERLANDSE
KINDERJURY
2009

Bharata Natyam

Zevendaagse zomerstage - Tweede dag, ochtend.

Ze hebben net een flink ontbijt achter de kiezen: bruine boterhammen, dikke plakken kaas en ham, aardbeienjam. Rani is stijf van het stevige trainen gisteren. Haar kuit- en dijspieren voelen als strak gespannen kabels. Dat belooft! Wel plezierig, al dat stampen en hurken en rekken en buigen. Gisterenmiddag leerden ze een kort dansgebed voor de god Shiva, de god van de dans, met alleen maar arm- en handbewegingen, daarna nog een stukje met allemaal passen. Benieuwd wat ze vandaag zullen doen. Hopelijk krijgen ze tussendoor weer van die leuke verhalen over de goden te horen. Ze gaat staan en rekt zich uit. Ze heeft het hier naar haar zin. De groep valt mee, de juf ook en het nonnenklooster is een veel fijnere plaats dan ze zich had voorgesteld. Goed dat ma tijdig de affiche zag in de bibliotheek: 'Bharata Natyam[1], Zuid-Indiase tempeldans'. Het ligt Rani wel.

'Zullen we nog even de tuin in lopen?' vraagt Anna.

Rani grinnikt als ze Bram op de bank naast het tuinhuisje ziet zitten. Alleen. Geen wonder dat haar vriendin nog even de tuin in wil. Anna heeft duidelijk een boontje voor Bram. Zij niet alleen trouwens. Bram ziet er best knap uit. Groot, gebruind, steil blond haar en op het mysterieuze af stil. Bovendien is hij de enige jongen hier. Hij is bijna vijftien, anderhalf jaar ouder dan zij en Anna.

Anna ploft naast hem neer. Of de cursus hem bevalt, vraagt ze. En waar komt hij vandaan? Hij antwoordt kort, vraagt zelf niets. Hij lijkt niet zoveel zin te hebben in een gesprekje.

Anna ratelt er maar op los, ook Rani krijgt er geen woord tussen.

Wanneer ze met zijn drieën naar de oefenzaal lopen, doet Bram zijn mond weer open. Of ze allang Bharata Natyam danst, wil hij van Rani weten.

Later zou ze beseffen dat alles begon met die vraag. Later. Nu is ze alleen maar verbaasd.

'Allang? Hoezo? Ik begon gisteren, net als iedereen hier.'

Dat ze er wel erg goed in is, beweert hij. En dan: 'Als je nu voor het eerst Bharata Natyam danst, heb je het waarschijnlijk van vroeger. Misschien was je wel een tempeldanseres in een van je vorige levens.'

Rani kijkt nog verbaasder. 'En jij mijn *nattuvanar*[2] zeker?' Het vliegt er zomaar uit. Goed dat ze dat moeilijke woord onthouden heeft. Zal wel indruk op hem maken.

'Waarom ook niet? Ik heb een goed muzikaal oor en gevoel voor ritme. Mijn ouders hebben dat niet, niemand in mijn familie voor zover ik weet. Zal ik ook wel van vroeger hebben.'

Ze schrikt van de manier waarop hij dat zegt. Zo zelfverzekerd! Meent hij het toch, van die vorige levens? Even weet ze niet wat te antwoorden. 'Zo goed dans ik nu ook niet,' schokschoudert ze, 'we hebben trouwens nauwelijks echt gedanst tot nu toe.'

'Toch lijkt deze manier van bewegen je heel vertrouwd.' Hij loopt langzamer, schijnt over iets na te denken. 'Het feit dat je Indiase bent, heeft er misschien ook mee te maken', zegt hij dan. 'Het zit allicht in je genen.'

Hij raadt het meteen goed! Dat ze van vreemde afkomst is, is duidelijk. Klein, bruine huid, donkere ogen, heuplang glanzend zwart haar. Maar lang niet iedereen denkt onmiddellijk aan India. Ze is al voor van alles versleten! Of ze een Spaanse is, vragen mensen soms. Italiaans dan? Arabisch? Indonesisch? Ze ergert er zich allang niet meer aan.

'Geloof je echt dat we vroeger al eens geleefd hebben?' vraagt ze weifelend. Van alle mensen die ze kent, gelooft alleen haar moeder rotsvast in reïncarnatie[3].

'Natuurlijk hebben we dat! Hoe verklaar je anders dat de ene mens zowat als genie geboren wordt en de andere met moeite zijn lagere graad kan afmaken? En waarom wordt de ene met een perfect lichaam geboren en de andere met een zware handicap? En waarom...'

Ze grinnikt. Een blonde, blauwogige jongen probeert haar te overtuigen van iets wat velen in haar geboorteland vanzelfsprekend vinden. De omgekeerde wereld!

'Je moet er blijkbaar om lachen?'

'Helemaal niet! Ik dacht opeens aan al die herderinnetjes die verliefd werden op Krishna', plaagt ze. Ze ziet hoe zijn wangen rood kleuren. Grappig! Ze knipoogt naar Anna die net langs haar heen de zaal in loopt. Anna draait haar hoofd weg en loopt stug door.

***

De juf tikt ongeduldig met haar stok op het houten blok dat voor haar ligt. Snel stellen ze zich in vier horizontale lijnen op. Onmiddellijk hun posities innemen was een van de eerste dingen die ze leerden. De stenen vloer is koud onder hun blote voeten. Rani staat helemaal vooraan, dat heb je als je klein bent. Wel lastig, vindt ze. Als ze een fout maakt, heeft iedereen het gezien en zelf kan ze nooit eens kijken hoe een ander het doet.

'Eerst de groet aan de aarde', beveelt de juf.

Rani stampt eenmaal met de rechter- en eenmaal met de linkervoet op de grond. Soepel hurkt ze, raakt eerst de grond aan en dan haar ogen. Wanneer ze weer rechtop staat, groet ze achtereenvolgens met gevouwen handen alle goden, alle leraren en alle mensen.

Oef, het valt nog mee, die stijfheid.

'*Teeja, te*', beveelt de juf.

Ze nemen de beginpositie aan – de tenen naar buiten draaien, door de gespreide knieën zakken – en stampen acht keer afwisselend met de rechter- en met de linkervoet. Traag klopt de juf de maat met de stok.

'De maat van een normale hartslag', zegt ze.

Rani probeert haar romp goed in het midden te houden. Dan tikt de juf tweemaal zo snel. Daarna driemaal. Rani hoort dat niet iedereen in de maat is.

'*Taka dimi.*'

Dat is een nieuwe. De juf gaat staan en doet hem voor.

'Blijf door de knieën zakken,' roept ze als het hun beurt is, 'demi-plié voor wie ballet volgt.'

'Nu dubbel ritme! Driedubbel!' Zo gaat het door tot ze acht basispassen geoefend hebben.

'Tijd voor de handhoudingen.' Ze gaan hijgend en bezweet in een grote kring zitten. De juf somt de handhoudingen op en samen met haar voeren ze die uit. Er zijn achtentwintig *hasta's*[4] voor één hand en vierentwintig voor de twee handen samen. Rani kent ze nog lang niet uit het hoofd.

'Ik stel voor dat we elk om beurten iets vragen of zeggen met de hasta's die we al kennen', zegt de juf. Ze begint. Waarom vliegen de vogels in de lucht, vraagt ze met haar handen. Het meisje naast haar moet even nadenken. Waarom zwemmen de vissen in het water, gebaart ze dan. Wat zeg ik, vraagt een ander meisje. Nog een ander zegt dat ze niet van slangen houdt. En weer een ander dat er een halsketting in een pakje zit.

Nu is Bram aan de beurt. Ik zie een mooi meisje, gebaart hij met een korte blik op Rani. Anna heeft het gezien en maakt het teken voor verliefd zijn: de twee pinken in elkaar gehaakt. Snel kijkt ze van Rani naar Bram. Rani bloost en weet helemaal niets te bedenken. Stomme Anna ook, jaloers zeker? Wist ze maar hoe je 'jaloers' kunt uitdrukken met handgebaren. Het meisje naast Rani kan ook al niets verzinnen. 'Oké', knikt de juf. 'We houden ermee op. Een kwartier pauze.'

'Ze is streng, hé.' Sara, een kleine, mollige meid met een dikke bos bruin krullig haar hapt gulzig in haar rijsttaartje.

'Ze wil gewoon dat het opschiet', bromt Janick. 'Vorig jaar kenden we op de tweede dag al heel wat adavoes[5]. Als jullie niet een beetje voortmaken, komt er niets terecht van ons optreden vrijdagavond!'

'Adavoes, wat betekent dat?' vraagt Lotte die bij het groepje komt staan.

Janick kijkt haar hooghartig aan. Vorig jaar volgde ze de stage ook al en nu doet ze alsof ze alles even goed weet als de juf. Ze probeert ook steeds weer bij juf Sallie in het gevlij te komen. Rani geeft Anna een duwtje en rolt met haar ogen. Ze mag Janick niet.

'Adavoes zijn combinaties van passen met hoofd- en handbewegingen', zegt Janick. Ze doet er snel één voor. Het lijkt nogal ingewikkeld.

'Doe dat nog eens', vraagt Lotte. 'Een beetje trager graag.' Ze doet meteen met Janick mee. Het lukt aardig. Lotte gaat naar dezelfde school als Rani en Anna, maar zit een klas hoger. Ze kennen haar vooral van de jaarlijkse sportdag. Ook dit jaar was Lotte de beste in alle disciplines waar ze aan deelnam.

'Nog eens', beveelt Lotte. Rani probeert het nu ook. De anderen komen om hen heen staan. Ze doet extra haar best als ze ziet dat Bram naar haar kijkt. Zou hij haar echt goed vinden?

'Zozo,' klinkt de stem van juf Sallie, 'jullie lijken er zin in te hebben. Kom maar mee, dan leer ik jullie hoe we een bloemenoffer aan Ganesha brengen.' Voor het eerst ziet Rani de juf glimlachen. Het maakt haar meteen een stuk sympathieker.

Ganesha is een geluksbrengende god, weet Rani. Er staat een bronzen beeld van hem op het podium. Hij heeft een dik buikje en een olifantenkop. Gek gezicht is dat!

Even later lopen ze in een lange rij de zaal rond en strooien een voor een denkbeeldige bloemblaadjes over het beeld van de kindgod met de olifantenkop, de god van het voorspoedige begin.

***

Ze hoort de laatste meisjes de trap op stommelen naar hun kamers. Voorbij elf uur en nog kan ze de slaap niet vatten. Wat er na het bloemenoffer gebeurde, blijft maar door haar hoofd malen. Juf Sallie had hun het eerste deel van een dans voor Ganesha aangeleerd. Eindelijk een echte dans! Het was bijzonder om flink met de blote voeten op de grond te stampen en tegelijk sierlijke hand- en armbewegingen te maken. Best moeilijk. Ze deden het opnieuw en opnieuw en opnieuw. Rani kreeg er steeds meer plezier in, voelde zich licht en sterk en elegant en ongelooflijk vrolijk.

'Nu op de muziek', zei de juf. Toen gebeurde het. Bij de eerste noten was ze stokstijf blijven staan. Ze kende deze melodie. Waar had ze die eerder gehoord? Ze viel te laat in met de eerste danspassen, zo gefascineerd luisterde ze. De juf had het natuurlijk gemerkt. Terwijl ze met de rug naar hen toe voordanste, hield ze hen in de wandbrede spiegel altijd nauwlettend in de gaten.

'Goed', zei ze na afloop. 'Er moet nog worden aan gewerkt, maar het lukt wel. Rani, wil jij het nog eens alleen voordoen?'

Dat had ze dus maar gedaan. Het ging fantastisch! Daar stond ze zelf van te kijken.

Misschien was je wel een tempeldanseres in een van je vorige levens. Ze hoort het Bram nog zeggen. Spannend idee wel. Ze springt het bed uit en slaat een deken om zich heen. Het is frisjes in het kamertje. De dikke kloostermuren houden gedurende de dag zelfs de felste zomerwarmte tegen. Ze haalt het boek dat ma haar meegaf uit haar reistas. Een prachtig boek met foto's van hedendaagse Bharata Natyamdanseressen. Ze kijkt naar hun opgemaakte gezichten: een *tika*[6] op het voorhoofd, kohl[7] rond de amandelvormige ogen, de lippen rood aangezet. Om hun enkels de traditionele leren banden met de enkelbelletjes. Gouden neusringen, oorbellen, haarjuwelen, armbanden, halskettingen, een lendenband. Schitterend! Allemaal dragen ze bloemen in hun haarvlecht. En allemaal dragen ze zijden *sari's*[8] in felle kleuren. Stuk voor stuk koninginnen zijn het. Koninginnen van de dans. Daarvoor alleen al zou je wel tempeldanseres willen worden!

Zou het kunnen... Zou het kunnen dat zij ook zo uitgedost in een tempel gedanst heeft in een ver verleden? Ze droomt weg. Elke tempel was gewijd aan een van de vele hindoegoden[9]. De dag dat de tempeldanseres voor het eerst in de tempel danste, was meteen ook haar huwelijksfeest. Ze trouwde dan immers met de god van de tempel. Zo was het eeuwenlang gegaan. Jammer dat er nu niet meer in de tempels gedanst wordt. Al sinds de eerste helft van de vorige eeuw niet meer. Verboden door de Britten die toen India overheersten, vertelde de juf. En na de onafhankelijkheid is het er niet meer van gekomen. Gek eigenlijk. Stel dat er weer in de tempels gedanst wordt, met welke god zou zij dan het liefste trouwen? Niet met Ganesha. Hij is best grappig en vriendelijk, maar als man zou ze hem niet willen met zijn olifantenkop en zijn dikke buikie. Nee, dan Krishna, de hemelse koeherder op wie alle herderinnetjes verliefd waren. Bestaan er tempels in India die aan Krishna gewijd zijn? Dat moet ze juf Sallie toch eens vragen.

***

In zijn kamertje helemaal aan het einde van de gang kan ook Bram de slaap niet vatten. Hij heeft er de pest in. Het dansen wil maar niet lukken, hij voelt zich onhandig en lomp als hij de arm- en handbewegingen moet uitvoeren. En dan die rare nekbeweging. Hij gaat rechtop in bed zitten en probeert het nog eens: nek naar links bewegen, dan naar rechts. 'Nek, niet hoofd!' roept de juf telkens weer. Een soort schuiven dat hij maar niet onder de knie krijgt.

Hij zucht. Stom dat de stage Zuid-Indiase muziek niet doorging. Hij had zich dan maar voor de danscursus ingeschreven, daar hoort ook muziek bij. Misschien kon hij de deelnemers bij het dansen begeleiden op zijn *mridanga*, had hij gedacht. Zijn grote Zuid-Indiase trom had hij helemaal naar hier meegezeuld. En dat allemaal voor niets! In de les slaat de juf zelf de maat of gebruikt ze gezongen liederen om op te dansen. En na het avondeten krijgen ze theorie. Over de geschiedenis van de dans. Over de goden en godinnen voor wie gedanst wordt. Over de soorten dansen. Als afsluiter bekijken ze telkens een dansvideo. Oké, had hij gedacht, na de avondactiviteiten dan. Maar nee hoor, zodra de juf weg is, lopen die meiden naar de salon of gaan ze in groepjes op elkaars kamer zitten kletsen.

Hier zit hij nu, met zijn mridanga. Hij heeft zin om er eens flink op te roffelen en ze allemaal wakker te maken, de stomme giechels. *En jij mijn nattuvanar zeker.* Weer hoort hij Rani's plagerige stem. Raar meisje, die Rani. Van Indiase afkomst, maar veel westerser dan hij. Vreemd is dat.

Maar dansen kan ze. Hij had haar in de gaten gehouden, de eerste dag. Niet met opzet, hij kon gewoon niet anders. Hij stond schuin achter haar en ze schoof iedere keer weer tussen de juf en hem in. Hij moést wel naar haar kijken om te kunnen volgen. En zo had hij het telkens opnieuw zien gebeuren: haar aarzelende begin en de plotse doorbraak. Alsof ze zich de passen opeens herinnerde en alles verder vanzelf ging. Het verbaasde hem niets dat de juf haar vandaag vroeg de dans voor Ganesha alleen voor te doen.

Devadasi[10] Rani! Hij grinnikt. Ze weet vast niet wat devadasi betekent. Ze weet nog zoveel niet. Of beter gezegd: ze is het allemaal vergeten. Dat had hij gemerkt toen hij die opmerking maakte over vroeger, toen ze een tempeldanseres was. Ze had alleen maar een beetje lacherig gedaan. Jammer. Het zou zoveel leuker zijn er gewoon met haar over te spreken. Ze mist veel door niet te weten wie ze vroeger was. Wedden dat ze niet eens in reïncarnatie gelooft?

En opeens beseft hij waarom hij hier is. Hij is Rani's geheugen! Hij is de spiegel die haar diep opgeborgen herinneringen kan weer- kaatsen. Via hem zal ze ontdekken wie ze in werkelijkheid is. Vast! Vanbinnen begint iets te gloeien, alsof hij een beetje koorts heeft. Zijn gedachten slaan op hol. Nu kan hij helemaal niet meer in slaap komen.

***

Derde dag, middagpauze.
Ze zitten in kleine groepjes verspreid op het grasveld. Rani, Anna, Sara, Lotte en Bram zoeken de schaduw onder de kastanjeboom op. Ze zijn moe. Het laat opblijven begint zijn tol te eisen. Anna klaagt over blaren op haar hielen. 'Te weinig eelt', beweert Lotte. 'Je moet meer blootsvoets lopen, dat is gezond.'
Rani kijkt naar Bram. 'Jij had het wel naar je zin vanmorgen', lacht ze.
Bram knikt tevreden. In het laatste lesuur moesten ze allerlei heldhaftige danshoudingen uitproberen. Speerwerpen, een zwaard trekken, met de lus zwaaien, de discus werpen, boogschieten. Eerst stilstaand en dan terwijl ze een nogal ingewikkelde pas uitvoerden. Aan het eind van de les mocht Bram het voordoen. Niet één keer aarzelde hij. Zonder onderbreking stampte hij de ritmische passen terwijl hij de ene gevechtshouding na de andere aannam. Knap!
'Wil je me nog eens die rare adavoe tonen?' vraagt ze. 'De laatste die we leerden? Het klonk zo'n beetje als "jump ta".'
Bram gaat meteen staan. 'Een echte gevechtsadavoe', zegt hij. Ze kijkt aandachtig hoe hij het doet. Het lijkt wel of hij telkens met een speer een denkbeeldige vijand neersteekt. Hij doet het opnieuw en opnieuw, steeds sneller. 'Deze adavoe is vast afgeleid uit de *kalaripa-yat*[11]', hijgt hij tussen twee steekbewegingen door.
'Uit de wat?'
'Uit de Indiase vechtsport. De moeder van alle vechtsporten vol- gens mijn pa.'
'Jij weet veel over India, hé?' Dat was Anna.
Bram antwoordt niet. Hij heeft het te druk met 'jump ta-en'. Ja-

nick is bij hen komen staan, ze heeft weer dat minachtende lachje van haar om de lippen.

'Heb je er eindelijk ook iets van gesnapt, jochie?' treitert ze.

Jochie! Dat vindt Rani al te gortig! 'Daar kun je niet tegen, hé,' sneert ze, 'dat iemand anders het beter kan?'

'Beter? Die hark?' Janick snuift en doet alsof ze wegloopt. Na een paar passen draait ze zich om. Rani springt op, maar Bram houdt haar tegen.

'Niet doen', waarschuwt hij. 'Trek je terug op het moment dat de tegenstander aanvalt, zo verliest hij zijn evenwicht. Dat is de kern van de oosterse vechtsporten.'

Gehoorzaam gaat ze weer zitten en doet er verder het zwijgen toe. Bijzondere jongen, die Bram. Hij zag er zo koninklijk uit, hoe hij daar voor de groep stond vanmorgen. En nu klinkt hij zo wijs. Hij lijkt inderdaad veel over India te weten. Hoe zou dat toch komen? Voor ze hem iets kan vragen roept juf Sallie dat de pauze om is.

'Allemaal naar binnen', beveelt ze. 'Vergeet jullie kopjes niet!'

***

Verbaasd kijken ze naar het podium. De achterwand is versierd met kleurige doeken vol godenbeelden. Ervoor staan twee lage stoelen, op een ervan houten sandalen. Bloemenslingers over de rugleuningen. Voor de stoelen ligt een levensgroot tijgervel. Sara gaat er meteen aan voelen. 'Namaak,' zegt ze, 'gelukkig maar.'

'Geen dansles deze keer,' kondigt juf Sallie aan, 'we gaan een verhaal uitbeelden.'

'De *Ramayana*[12]?' vraagt Bram.

'Hoe raad je het?'

'Door de sandalen', wijst hij. 'Ik vind de passage over de sandalen zo mooi.'

'Wil jij ons misschien het verhaal vertellen?' vraagt de juf.

Bram schudt van nee, hij vindt de Ramayana veel te lang en te ingewikkeld om dat zomaar voor de vuist weg te doen.

Juf Sallie knikt begrijpend. Ze zullen een flink ingekorte versie te horen krijgen, zegt ze.

Rani maakt het zich gemakkelijk. Ze vindt die Indiase verhalen heerlijk. Leuk dat de juf er zoveel vertelt. Geboeid luistert ze. De vader van Rama was een machtige koning. Hij had vier zonen. Omdat Rama de oudste van de vier was, zou hij de troonopvolger worden. Maar door een paleisintrige werd Rama de dag voor zijn troonsbestijging voor veertien jaar verbannen naar het donkere Dandakawoud, samen met zijn mooie vrouw Sita en zijn lievelingsbroer. De broer die hem moest vervangen, weigerde zijn plaats in te nemen en beloofde de sandalen van Rama op de troon te zetten tot die zou terugkeren. Zo zou niemand vergeten wie de echte troonopvolger was. Rama, Sita en Rama's lievelingsbroer raakten hun leven in het Dandakawoud snel gewoon. Tot Ravana, de tienkoppige demonkoning van het eiland Lanka[13] vermomd als bedelaar naar het woud kwam. Hij lokte Rama en zijn broer met een list weg van bij prinses Sita en ontvoerde haar. Toen Sita weigerde met hem te trouwen, zette hij haar gevangen en dreigde haar te verslinden als ze niet gauw toegaf. De rest van het verhaal ging over de zoektocht van Rama naar zijn geliefde. En over hoe hij haar kon bevrijden met de hulp van Hanuman, de grote apengeneraal.

'Welke generaal?' roept Lotte ongelovig uit.

'Een apengeneraal, dat hoorde je goed', lacht juf Sallie. 'In India leven veel apen, zeker in de tijd waarin het verhaal van Rama zich afspeelde. Ze waren goed georganiseerd en hadden een groot leger dat onder het bevel van de dappere Hanuman stond.'

Niet echt geloofwaardig, denkt Rani. Maar ach, eigenlijk doet het er niet toe.

Juf Sallie vertelt dat Hanuman zijn manschappen de opdracht gaf een brug te bouwen over de zee-engte tussen India en Lanka. Zelf ging hij alvast een kijkje nemen om te zien hoe Sita het maakte. Hij maakte zich reuzegroot en overbrugde de zee-engte met één sprong. Op het moment dat hij in Lanka de grond raakte, maakte hij zich piepklein en kon zo ongemerkt het paleis van Ravana binnendringen. Hij zocht Sita overal, maar kon haar niet vinden. Toen de nacht viel, glipte hij het paleis weer uit. Hij rende door de tuinen en zie, daar zag hij Sita onder een boom, omringd door vrouwelijke demonen. Hij wachtte tot haar bewaaksters in slaap vielen en nam zijn gewone gestalte aan. Snel toonde hij de geschrokken Sita de zegelring die hij van Rama had meegekregen en stelde haar voor op zijn rug te klimmen zodat hij haar naar Rama kon brengen. Maar Sita weigerde. Ze zei dat het een goede echtgenote niet toegestaan was een andere man aan te raken.'

De juf stopt even. 'Dat lijkt voor ons, westerlingen, een vreemde reactie maar hindoes vinden dat heel normaal', zegt ze. 'Het wordt nog altijd als onbetamelijk gezien als een vrouw een andere man dan haar echtgenoot aanraakt. Dus keerde Hanuman alleen terug en bracht verslag uit aan Rama. Die was natuurlijk heel blij toen hij hoorde dat Sita nog in leven was en hij was ook trots op haar onberispelijke houding. Toen het apenleger eindelijk de zee-engte kon oversteken, vocht hij negen dagen lang als een leeuw om zijn geliefde te bevrijden.'

Rani zucht. Prachtig verhaal. Zo romantisch. Ze hoopt dat ze straks Sita mag zijn en Bram Rama. Ze vindt hem steeds leuker. Typisch iets voor Bram om het deel over de sandalen mooi te vinden. Wedden dat hijzelf het liefst de rol zou spelen van de broer die de sandalen van Rama op de troon zet?

Daarna is het dolle pret. Eerst moeten ze allemaal Sita spelen. Ze leren hoe ze nederig moeten kijken. Een Indiase vrouw moet altijd de ogen neergeslagen houden in de nabijheid van mannen, vertelt juf Sallie. Ze spelen hoe ze hun lange haren moeten kammen. Ze hangen een denkbeeldige bloemenkrans om elkaars hals. Allemaal met bewegingen uit de Indiase dans.

Dan komt Rama aan de beurt. Met zijn allen schieten ze met hun boog, want op het eind van het verhaal moet Rama de demonkoning neerschieten. Ze stappen in rijen van drie krijgshaftig de zaal rond: het leger van Hanuman, de grote apengeneraal. Ze bouwen met zware rotsblokken een lange brug tussen India en het eiland Lanka. Dan verdelen ze zich in twee groepen: het apenleger en de demonen bevechten elkaar. Ze zwaaien met speer en lus, ze werpen hun discus, ze trekken hun zwaarden en 'jump ta-en' erop los. Lachend en bezweet staan ze te hijgen als juf Sallie het einde van de les aankondigt.

'Dat was plezierig!' roept iemand. 'Mogen we straks nog eens?'

'Blij dat jullie het leuk vonden', lacht de juf. 'Misschien kunnen we een deel van dit verhaal uitbeelden tijdens de leerlingenvoorstelling vrijdag.'

***

'Er was nog een heel belangrijk stuk dat juf Sallie niet verteld heeft.'

Rani zit samen met Anna op de kamer van Bram.

'Vertel op, Bram. Jij weet ook alles!' Anna smelt weer van bewondering. Rani krijgt het stilaan op haar heupen. Dat melige gedoe, zo kent ze Anna niet. Bram lijkt het niet op te merken.

'Wel,' vertelt hij, 'na de strijd, als Sita bevrijd is, gebeurt er iets raars. Rama wil niet dat ze naar hem toekomt! Hij kijkt heel streng en zegt: "Welke echtgenoot zou een vrouw terugnemen die in het huis van een andere man gewoond heeft? Ga weg. Kies maar een nieuwe echtgenoot." Sita staat verstomd. "Rama," antwoordt ze, "ik ben je altijd trouw gebleven. Als je dat niet gelooft, wil ik liever dood. Laat hier maar een brandstapel oprichten. Ik sterf liever dan onder die verdenking voort te leven."'

'En?' vraagt Rani ademloos. 'Wat gebeurde er?'

'De brandstapel werd aangestoken en Sita beklom hem.'

Anna kijkt verschrikt alsof het haar overkwam. 'Nee, toch. En Rama? Hield hij haar niet tegen?'

'Nee.'

'Wat een vreselijke man!' Rani is nog geen klein beetje verontwaardigd.

'Niet zo snel, luister eerst hoe het afloopt: Sita beklom de brandstapel en riep Agni aan, de god van het vuur. "U zult mijn rechter zijn", zei ze. "Als ik schuldig ben, dan brand ik maar." De vlammen laaiden steeds hoger op, Sita was niet meer te zien. Toen klonk een enorme donderslag, de brandstapel doofde op slag uit en daar stond Agni, met Sita in zijn armen. Geen haar op haar hoofd en geen draad van haar kleed waren verbrand. Met bulderende stem riep hij: "Prins Rama, uw oordeel is verkeerd. Sita is onschuldig. Neem haar terug als uw vrouw!" Het hele apenleger begon te juichen.'

'En Rama?' vraagt Anna opnieuw. 'Wat deed hij?'

'Hij liep op Sita toe en omhelsde haar. Toen keerde hij zich om en sprak luid zodat iedereen het kon horen: "Ik weet dat Sita onschuldig is, maar ik weet ook dat mijn onderdanen zouden denken dat ze onrein geworden was door zo lang in het huis van een andere man te verblijven. Ze zouden mij niet geloven als ik zou zeggen dat Sita me trouw was gebleven. Onze prins is verblind door zijn liefde voor haar, zouden ze denken. Daarom liet ik Sita deze verschrikkelijke proef ondergaan. Nu de god van het vuur, de grote Agni zelf, haar gezuiverd heeft van alle schuld moét iedereen wel geloven dat ze Ravana nooit heeft toebehoord."'

'Oef', zucht Anna. 'Eind goed, al goed.'

Rani zwijgt. Misschien had Rama gelijk, maar toch. Was hij er zeker van dat de vuurgod zijn vrouw zou redden? Ze kijkt naar Bram. Hij lijkt erg van dit deel van het verhaal te houden. Ze huivert even bij het zien van zijn ernstige gezicht.

'Prachtig verhaal en zo mooi verteld!' Anna staat op en rekt zich uit. Haar oefenbroek zakt een beetje en laat een strak buikje zien. Rani ziet hoe Bram gebiologeerd naar de piercing in Anna's navel kijkt. Ze voelt zich opeens woedend. Op Anna, op Bram en op die stomme Rama!

***

Vierde dag, avond.

Handig vouwt Rani haar sari op en hangt hem over een stoel. Vandaag hebben ze er allemaal een om gekregen. Het was ook een beetje feest. De nonnen hadden Indisch gekookt en nadien had juf Sallie een dansdemonstratie gegeven. Prachtig! De juf danste wel vijf verschillende dansen. De laatste was een heel lange met allemaal sprongen en cirkels en snelle draaibewegingen. Juf Sallie zag er mooi uit. Ze had zich geschminkt en droeg heel wat juwelen. En enkelbelletjes, natuurlijk. Net als de danseressen in ma's boek.

Rani trekt een dikke trui over haar topje en gaat met kleren en al op haar bed liggen. Ze overloopt de lessen van vandaag. Ze kennen de dans voor Ganesha nu al helemaal. Zij en Janick toch, de anderen modderen maar wat aan. Ook Bram. Hij is echt niet goed in dansen. Alleen die adavoes met al die wapens, dat kon hij als de beste. Zou Bram die Indiase vechtsport waar hij het over had zelf beoefenen? Hoe komt het toch dat hij zoveel Indiase verhalen kent? En waar leerde hij die grote trom bespelen die hij de eerste dag meebracht naar de avondles? Zou hij ook nog wakker zijn? Zou ze naar hem toe gaan? Misschien vindt hij het fijn wat na te praten over de voorstelling van vanavond.

Ze zucht. Kunnen dansen als juf Sallie moet fantastisch zijn. En dan het liefst nog in zo'n Indiase tempel. Ze sluit haar ogen, ziet zichzelf in danskostuum in een grote zaal staan met allemaal zuilen. De muziek waar de juf op danste, klinkt weer in haar oren. Ze stampt in een hels tempo op de stenen vloer, haar armen bewegen als slangen, moeiteloos vormen haar handen de hasta's. Haar blote voeten maken een pletsend geluid, de enkelbelletjes rinkelen. Bram slaat het ritme met zijn cimbalen. Hij zingt het lied waar zij op danst, zijn stem klinkt helder door de grote ruimte. 'Je hebt het in je genen', zegt hij. 'Devadasi Rani, je hebt het in je genen, mijn lieve tempeldanseres.'

Hé, was ze nu ingedommeld? Even weet ze niet of hij het in haar droom of in werkelijkheid gezegd heeft. Zonder zich om te kleden kruipt ze onder de dekens. Devadasi Rani. Devadasi. Dat woord staat onder de foto van elke danseres in ma's boek: devadasi x, devadasi y. Zal wel tempeldanseres betekenen.

Wat nu? Anna beklimt de brandstapel en verdwijnt in een gordijn van vlammen en rook. 'Haal haar eruit', gilt prins Rama. 'Heer Agni, haal haar eruit!' Daar staat Anna weer, in haar blootje dan nog wel. Ze is helemaal niet verlegen en geeft Krishna een kusje. Samen met hem zweeft Anna de kring van herderinnetjes rond. Maar dat is Krishna niet, dat is Bram! Opeens dansen ze allemaal met hem. Zijzelf ook. 'Je bent je neusring kwijt', wijst hij.

Weer schrikt ze wakker. Wat was dat? Werd er op haar kamerdeur geklopt? Ze knipt het nachtlampje aan, drukt op een toets van haar mobieltje. Kwart voor twaalf. Nu hoort ze het duidelijk: een zacht geklop. Zou ze opendoen? Och, waarom ook niet, ze moet toch haar bed nog uit om zich om te kleden. Ze hoort iemand wegstappen. Met een sprong is ze bij de deur. Brams blonde haardos licht op in de gang. Snel draait hij zich om.

'Ah, jij bent toch nog op', fluistert hij. 'Zin in een babbel?'

***

'Ik heb een paar Indiase snoepjes meegebracht', zegt hij terwijl hij een kleverige papieren zak openscheurt. ''t Is wel een plakboel, hoor!'

'Waar heb je die vandaan?' Ze kiest een rechthoekig cakeje. 'Mm, smaakt naar amandelen. Lekker zoet.'

'Heeft mijn moeder gemaakt.'

'Je moeder? Maakt jouw moeder Indiase snoepjes?'

'Het helpt haar om wat minder heimwee te hebben.'

'Is je moeder een Indiase?'

'Nee, helemaal niet.' Hij gniffelt. 'Nee, ze is even blond als ik.'

Ze kijkt hem niet-begrijpend aan.

'We zijn net terug uit India. We hebben daar vier jaar gewoond.'

'Wat? En dat zeg je nu pas! Wat deden jullie daar?'

'Mijn vader was er ambassadeur voor België.'

Daar wordt Rani stil van. Vier jaar in India! Ze denkt aan de documentaires die haar ouders haar over haar geboorteland lieten zien. 'Was je er graag?' vraagt ze.

'Veel liever dan hier. Hier is alles zo kleurloos, zo vlak. Zo, zo… verschrikkelijk ordelijk. Wie nooit in India geweest is, kan zich niet inbeelden hoe anders het daar is. Ik spreek er niet graag over met de mensen hier, ze snappen niet waar ik het over heb als ik over India vertel. Maar jij bent Indiaas. Jij zult het wel begrijpen.'

'Ik? Dat zou me verwonderen!' Ze voelt zich plots ongemakkelijk, begrijpt zelf niet waarom.

Hij schrikt van haar botte toon. Heeft hij haar gekwetst? Dat was niet de bedoeling. Zijn ogen glijden bewonderend over haar heuplange loshangende zwarte haar. De gloeilamp aan het plafond tovert er een blauwe schijn op. En die ogen. Net hertenogen. Een gezicht als een vollemaan, denkt hij, armen slank als lianen… Zijn moeder toonde hem de oude tekst die beschrijft hoe een danseres er moet uitzien.

'Als de meisjes op die stage er allemaal zo uitzien, dan kom ik ook eens langs', had zijn vader gegrapt. Tegelijk had hij mam dicht tegen zich aangetrokken. 'Niet jaloers zijn, Karen, jij bent mijn Sita, voor jou versla ik alle tienkoppige demonen ter wereld!'

Toffe ouders heeft hij. Hoe zou het eigenlijk voelen om een adoptiekind te zijn? Hij weet wel zeker dat ze dat is, een adoptiekind. Een meisje dat door Indiase ouders opgevoed werd, zou zich heel anders gedragen. Stiller, afstandelijker. Verlangt Rani er niet naar haar echte ouders te kennen? Hij durft er niet over te beginnen.

'Waar kom je precies vandaan?' vraagt hij in de plaats.

'Uit Chennai[14], naar het schijnt. Mijn ouders vonden me daar in een kindertehuis. Ik was bijna twee toen ik hierheen kwam. Ik herinner me er niets meer van.'

En nu durft hij het wel te vragen: of ze haar echte ouders niet wil opzoeken.

'Ze zijn dood', zegt ze. Het ongemakkelijke gevoel roert zich weer. Ze heeft geen zin in dit gesprek.

'Weet je dat zeker?'

Wat is er toch met hem? Wat voorbij is, is voorbij. Een van oma's favoriete uitspraken. Eén waar ze het helemaal mee eens is.

'Ik heb ouders, hier', snauwt ze, bitser dan bedoeld. Hier in dit kleurloze, vlakke, o zo ordelijke land, denkt ze. Maar dat zegt ze er niet bij. En ze vertelt hem ook niet dat ze zich thuis verveelt, zo verschrikkelijk verveelt, hoe hard haar ouders ook hun best doen om het haar naar haar zin te maken.

Bram durft niet verder aan te dringen. Om de spanning tussen hen te verdrijven begint hij te vertellen. Hoe vreemd het eerst in India was. Hoe druk. Vol kleuren en geluiden. Hoe rijkelijk en armoedig tegelijk. Hij voelt haar onwil langzaam wegtrekken en komt helemaal op dreef.

Rani ziet hoe zijn ogen beginnen te stralen. Welke prachtige ogen heeft hij toch. Zo'n helderblauw zag ze nog nooit. Er gaat een rilling over haar rug. Ze kijkt van hem weg, ze moet wel. Met haar blik op oneindig staart ze naar de muur tegenover zich. Ze ruikt de geuren, ziet de kleuren van de opwindende wereld die hij oproept, hoort de geluiden. Voelt het oude, naamloze, pijnlijke gevoel opgloeien in haar binnenste.

Als hij eindelijk ophoudt, blijven ze nog een tijdje stil bij elkaar zitten. Hij staat als eerste op, opent het raam en wenkt haar. Het is een heldere nacht. De maan hangt als een bolle lamp de tuin te verlichten. Net een prent uit een sprookjesboek. 'Vandaag is het de vollemaan van augustus', zegt hij. 'Dan vieren ze in India het feest van de broers. Op die dag bindt elke zus een versierd bandje rond de rechterpols van haar broer. Een *rakhi*[15] noemen ze dat. Het moet er hem aan herinneren dat het zijn plicht is haar altijd te beschermen. Heb jij broers?'

'Nee, geen broers, geen zussen.'

'Ik ook niet.'

Ze kijkt hem tersluiks aan, krijgt een schitterend idee. 'Zou je het leuk vinden als wij... zullen we doen alsof? Ik heb touw in mijn reistas zitten, je weet wel, van dat rood-wit keukentouw.'

Zonder een antwoord af te wachten vist ze het bolletje eruit, knipt er een stukje van en windt het een paar keer rond zijn rechterpols voor ze het dichtknoopt.

Ze ziet hem slikken. 'Nu moet je een snoepje in mijn mond stoppen en een *mantra*[16] uitspreken', beveelt hij. Zijn stem klinkt schor.

'Een wat?'

'Een mantra. Een heilige spreuk. Verzin maar wat.'

Lacherig stopt ze hem een van zijn moeders snoepjes toe. Hij sluit zijn mond iets te snel, ze voelt hoe zijn lippen zich heel even rond haar vingertoppen sluiten. Wat moet ze nu zeggen? Ach, gewoon... Ze sluit de ogen en declameert op plechtige toon: 'Vanaf nu ben jij mijn broer en ik vraag je om me altijd te beschermen.'

Als ze hem weer aankijkt, ziet ze zijn ogen vreemd glinsteren.

'Eigenlijk moet ik je nu een cadeautje geven,' mompelt hij, 'maar ik heb niets bij me. Of misschien toch.' En hij geeft haar snel een kusje op haar wang.

Lang na zijn vertrek voelt ze dat kleine vochtige plekje nog, telkens opnieuw hoort ze hem in haar oor fluisteren: 'Dank je wel, mijn lieve tempeldanseres.'

***

Vijfde dag, avond.

'Ons voorlaatste avondmaal hier', zegt Lotte. Ze kijkt naar haar bord: een grote hoop frieten, een stuk kip, een berg sla met tomaat. 'Bevalt me beter dan die Indiase troep van gisteren! Lotte kan bergen eten verzetten. 'Dat komt omdat ik veel aan sport doe', verklaart ze als iemand daar een opmerking over maakt.

Rani heeft alleen een beetje sla op haar bord liggen. Ze heeft geen trek. Heeft ze nooit als ze boos is. En ze is boos. Boos? Razend! *Zorg dat je bagage klaarstaat zodat je morgen direct na de opvoering met ons mee kan*, sms'te haar moeder net.

Zij: *Waarom? We hebben de ochtend nadien toch nog les!*

Ma's antwoord: *Morgenavond meer.*

Ja, allicht! Typisch ma om haar voor een voldongen feit te plaatsen. Ze werkt haar sla naar binnen, loopt dan driftig de trappen op naar haar kamertje, propt alles wat ze niet meer nodig heeft in haar reistas. Morgenochtend haar toiletzak en pyjama erbij en net voor het leerlingenoptreden nog haar oefenkledij. Geen seconde wil ze morgenavond verliezen aan dit gedoe. Haar ogen prikken. Gisternacht werd Bram haar broer, morgenavond moet ze voor altijd afscheid van hem nemen. Dat is het leven, zou haar moeder zeggen. Wat een dooddoener! Nee, dat is niet het leven. Dat is pech, brute pech. Het vuur in haar ogen wordt water. Onnozele trien, scheldt ze, dadelijk ziet iedereen dat je hebt staan grienen. Ze snuit luidruchtig haar neus en houdt haar gezicht onder de koudwaterkraan. Diep ademhalen. Haar vlechten. Indiase oorbellen aandoen. Zo, dat is beter. Hoe laat is het nu? Bijna halfacht. Nog een halfuurtje en de avondles begint. Wat zei juf Sallie ook alweer? Iets over vragen opschrijven? Ze kan er geen enkele bedenken. Nee, dan liever even de tuin in lopen en een frisse neus halen.

Op de trap houdt Anna haar tegen. 'Waar was je opeens? Je wachtte niet eens op het toetje.' Ze stopt haar een vruchtenyoghurt toe.

'Geen zin,' snauwt Rani, 'eet het zelf maar op.' Voor Anna nog iets kan zeggen stormt ze naar beneden, loopt de tuin door en gaat in de Lourdesgrot zitten. Hier komt niemand. Ze kijkt naar het beeld van Maria met het geknielde figuurtje ervoor. Langzaam komt ze tot rust. Dat ze in een nonnenklooster leerde dansen voor heidense goden! Ze moet zelf lachen om die gedachte. En opeens weet ze wat ze straks aan juf Sallie wil vragen. Opgewonden stormt ze het leslokaal binnen. Iedereen is er al.

'Sluit de deur maar, Rani', beveelt de juf. 'Zijn er vragen?'

Ze steekt haar hand op. Of ze tijdens het schooljaar Indiase dans kan volgen ergens in haar buurt? Juf Sallie belooft het voor haar uit te zoeken.

***

'Geen verdere vragen meer?' De juf kijkt even de zaal rond. 'Goed, de Ramayana dan.'

Er gaat een golf van opwinding door de groep als juf Sallie de rollen verdeelt. Dat is snel gebeurd: Bram en Rani worden Rama en Sita, Lotte is de apengeneraal, Janick wordt de tienkoppige demonkoning, drie andere meisjes krijgen de rollen van Rama's broers toebedeeld.

In Rani's hoofd ontploft een vuurwerkwaaier. Gelukt! Samen met Bram zal ze de hoofdrol spelen, net wat ze het allerliefste wou. Ze probeert zo neutraal mogelijk te kijken, terwijl de juf de andere deelnemers in twee groepen verdeelt: het apenleger en dat van de demonen. Enkele meisjes oefenen alvast het zwaardvechten op elkaar, anderen slingeren de discus in het rond.

'Juf! Juf Sallie!' Dat is Bram.

'Ja, Bram, zeg het eens.'

'Ik wil het niet, juf. Ik wil Rama niet zijn. Ik ben niet goed in toneel, echt niet.' Het klinkt erg kordaat.

Juf Sallie fronst de wenkbrauwen. 'Wie wil je dan wel zijn?' vraagt ze kregelig.

'Om het even. Een aap of een demon. Zomaar iemand.'

Juf Sallie kijkt verstoord, maar vraagt toch of iemand anders de rol van Rama wil spelen. Lotte grijpt haar kans en duidt meteen een vriendin aan die in haar plaats het apenleger moet aanvoeren.

Rani gelooft haar oren niet. Is die Bram nu helemaal! Wat bezielt hem om haar zo in de steek te laten? Moet dat de bescherming van een rakhibroer voorstellen? Kon iemand anders maar haar rol overnemen. Ze heeft absoluut geen zin om in haar eentje de prinses uit te hangen, als hij prins Rama niet speelt. Ze durft het wel niet te vragen. Straks denken de anderen nog dat ze op Bram is. Janick zou er haar tot de laatste minuut mee pesten.

Juf Sallie onderbreekt haar gedachten. 'Goed dan,' zegt ze, 'hoog tijd om te repeteren.'

Ze oefenen in afzonderlijke groepjes. Als ze een uur later het hele stuk doornemen, lijkt het nergens naar, maar juf Sallie stelt hun gerust. 'Het komt wel goed,' zegt ze, 'we hebben morgen nog de hele namiddag om te oefenen.'

'Juf,' vraagt Anna, 'waarom spelen we het stuk met Sita op de brandstapel niet? Dat is zo mooi!'

'Ken je dat dan?'

'Eh, Bram heeft het ons verteld. Aan Rani en mij, bedoel ik.' Anna werpt een snelle blik op Bram die een vuurrode kop krijgt. Ook Rani krijgt een kleurtje.

'Ah, zo.' Juf Sallie lijkt te aarzelen. 'Eigenlijk is het geen slecht idee', besluit ze ten slotte. 'Er is niet zoveel tekst mee gemoeid, dat krijgen Rama en Sita nog wel geleerd.'

'Waar gaat het over, dat met die brandstapel?' vraagt Lotte een beetje ongerust.

'Hoor je morgen wel', antwoordt juf Sallie. 'Niet te lang meer opblijven vanavond, zorg maar dat jullie goed uitgeslapen zijn.' En tot Bram: 'Blijf nog even, ik moet iets met je bespreken.'

***

'Wat bezielde je daarnet?' vraagt Anna terwijl ze samen de trap oplopen naar hun kamer.

'Ik heb er de pest in. Ma stuurde me een sms'je dat ik morgenavond onmiddellijk na het optreden mee naar huis moet.'

'Oh, wat jammer. We hebben zaterdagmorgen toch nog les!'

'Weet zij ook. Waarschijnlijk heeft ze gewoon geen zin om de dag nadien nog eens dat hele eind hierheen te rijden.'

'Maar je kunt toch samen met mij en Lotte mee met de trein.'

'Je kent mijn ma!' Haar moeder is zo'n overbezorgd type dat erop staat haar overal persoonlijk te brengen en af te halen, dat weet Anna best. 'Ik heb al helemaal geen zin meer in dat toneelstuk ook', foetert ze. 'En dan moest jij zo nodig nog over die brandstapel beginnen!'

Anna lijkt dat laatste niet te hebben gehoord. 'Knap hoe Bram voor zichzelf opkwam', zucht ze dromerig.

'Jij vindt ook alles knap van Bram, jij bent gewoon verliefd op hem!'

'Jij niet dan?'

Verliefd? Helemaal niet, denkt ze. Bram is mijn grote broer. Grote broer voor één dag. Tot haar ergernis begint ze prompt te huilen.

Anna slaat verschrikt een arm om haar schouders. 'Hé, wat is er? Heb ik iets verkeerds gezegd?'

'Nee nee…' snikt ze. Met horten en stoten vertelt ze haar vriendin wat er de avond daarvoor gebeurd is.

'Wel,' giechelt Anna als Rani uitgehuild is, 'die nieuwbakken broer van jou heeft meteen werk aan de winkel. Hij zal je niet moeten beschermen, hij zal je moeten redden!'

'Me redden? Hoezo?'

'Snap je niet waarom juf Sallie hem vanavond liet nablijven? Ze heeft een nieuwe rol voor hem gevonden. Of heb jij haar soms horen vragen wie de rol van de vuurgod wil spelen?'

'Nee, dat kan niet waar zijn!'

'Ha, eindelijk heb je het door! Hoe we die brandstapel zullen uitbeelden is me een raadsel, maar vuurgod Bram moet er wel afkomen met prinses Rani, sorry Sita, in zijn armen. Nog altijd kwaad dat ik over die scène begon?' Ze geeft Rani een speels kneepje in de arm, kijkt dan opeens sip. 'Je mag hem hebben hoor, die Bram van jou', meesmuilt ze. 'Ik maak toch geen kans, ik heb wel gezien hoe hij naar je kijkt als jij er even niet op let.'

'Hoe dan?'

'Zo', gebaart Anna en valt met opgeheven armen op de knieën. 'Zo, ongeveer.'

'Je bent gek!' Rani proest het uit.

'Helemaal niet! Hij aanbidt je gewoon.' En dan: 'Eigenlijk hoop ik maar dat er iets van komt. Zo maak ik misschien ook eens een kans als we nog eens een toffe jongen ontmoeten!'

Rani staat paf. Het lijkt wel of Anna vindt dat ze alle leuke jongens van haar afsnoept. Wat bezielt Anna? Ze heeft verdorie nog nooit iets met een jongen gehad! Toch niets wat het vermelden waard is.

***

Bram kijkt hoe juf Sallie de cd's uit de muziekinstallatie haalt en ze in de hoesjes stopt. Dan komt ze naast hem op de rand van het podium zitten.

'Zo', zegt ze. 'Ik vind dat ik geduld genoeg gehad heb. Ik dacht dat je er zelf wel over zou beginnen, maar daarvoor ben jij duidelijk te discreet. En ik ben te nieuwsgierig om nog langer te wachten.' Ze kijkt hem onderzoekend aan. 'Hoe komt het dat jij zoveel over India weet?'

Haar rechtstreekse vraag overvalt hem. Het lukt hem niet zo gauw een uitvlucht te verzinnen. En ach, de stage is bijna ten einde. De juf mag het nu best weten.

'Wij zijn net terug uit India', antwoordt hij. 'Mijn vader was er ambassadeur.'

'Natuurlijk! Ik had het kunnen weten. Je familienaam kwam me bekend voor, maar ik heb er niet verder over nagedacht. Doe je je vader de groeten van me als je weer thuis bent?'

'Kent u mijn vader?'

'Zeker. Ik ken hem allang. Voor jullie vertrek nodigde hij me regelmatig uit om lezingen over Bharata Natyam te geven voor de leden van de Belgisch-Indiase Vereniging in Brussel.'

'Daar heeft hij me niets van gezegd. Hij moet toch weten dat u de stageleidster bent. Hij heeft het inschrijvingsformulier gezien!'

'Blijkbaar is je vader even discreet als jij. Hoe lang zijn jullie al terug?'

'Sinds eind juni.'

'Kun je het een beetje gewoon worden?'

'Moeilijk', zucht hij. 'Alles is hier zo...'

'Zo grijs, zo braafjes in de pas.'

Hij kijkt haar verrast aan. Eindelijk iemand die hem begrijpt.

'Mijn ouders komen morgen naar het optreden', zegt hij.

'Dat is fijn. Dan kan ik je vader zelf goedendag zeggen. En nu we het over het optreden hebben, ik heb een rol voor je.'

Hij voelt zich ineens op zijn hoede, maar als hij haar voorstel hoort, kan hij haar wel om de hals vliegen. Dat doet hij natuurlijk niet. 'Goed,' knikt hij in de plaats, 'ik bedenk wel iets.'

***

Zesde dag. Avond.

De basispassen, de handhoudingen, de adavoes, het is zo voorbij. Alsof ze even overschakelde op de automatische piloot. Dan wordt het menens. Juf Sallie reikt hun een voor een de schaal aan met papiersnippers die dienstdoen als bloemblaadjes. In een lange rij stappen ze naar het beeld van Ganesha en strooien er de snippers overheen. Ze stellen zich op voor de dans voor de geluksbrengende god met de olifantenkop, doen de groet aan de aarde, wachten gespannen het begin van de muziek af. Juf duwt op de knop en stapt snel naar de voorkant van het podium. Geen seconde te vroeg!

Rani danst. Het lied doordringt haar, zet armen, benen en bovenlichaam in beweging. En handen en ogen. Haar gezicht gaat vanzelf glimlachen. Iets in haar begint mee te zingen. Alles vloeit, alles gaat vanzelf. Tot ze in het publiek het gezicht van haar moeder herkent! Even raakt ze uit het ritme, heel even maar. Als ze na de dans nog eens haar moeders richting uitkijkt, ziet ze nu ook haar vader zitten. De zaal is afgeladen vol. Juf Sallie tikt met haar stok. Tijd voor het dansgebed voor Shiva. Dan nog eens de groet aan de aarde en het eerste deel van het optreden is achter de rug.

Giechelend duwen ze elkaar het lokaaltje naast de zaal binnen.

'Oef, daar zijn we al vanaf!' roept iemand.

'Juf, mogen we onze tulband al om?'

'Hé, waar is de juf?'

'Hier', zegt juf Sallie terwijl ze snel de deur achter zich dichttrekt. 'En kan het ook een beetje zachter asjeblieft! Jullie zijn tot in de zaal te horen.' Er valt een geschrokken stilte. En in die stilte klinkt opeens het geroffel van een trom.

'Bram?' vraagt Rani. 'Is dat Bram?'

'Ja', knikt de juf. 'Bram zorgt voor een muzikaal intermezzo. Dat geeft ons precies een kwartier de tijd om ons klaar te maken voor het toneelstuk.'

De meisjes die in het apenleger vechten, zetten een witte tulband op, die in het leger van de demonkoning een zwarte.

'Kom hier, Rani', roept de juf. Halskettingen rond haar hals, armbanden om beide polsen, een goudkleurige lendenband om haar middel. Dan zet juf Sallie een heus kroontje op haar hoofd. 'Kijk maar eens in de spiegel', zegt ze.

Een Indiase prinses kijkt terug. Rani ontspant: deze mooie prinses moet straks het podium op, niet zij. Lotte komt naast haar staan. 'Perfect koppel zijn we, hé!' lacht ze, een arm om Rani's schouders. Ook zij draagt een kroontje. Haar kurta¹⁷ en dhoti¹⁸ zijn van een diep purper, wat mooi kleurt bij Rani's felgele sari.

Op het moment dat Bram een denderend applaus in ontvangst neemt, stapt juf Sallie het podium op. Ze wacht tot het handgeklap wegebt en kondigt dan het toneelstuk aan. Als Rani samen met Lotte het podium opkomt voor de paleisscène, ziet ze dat Bram er nog steeds is. Ze gniffelt om de verbaasd-bewonderende blik die hij haar toewerpt. Ze kan er niet lang van genieten. Met een koninklijk gebaar wenkt Rama haar en vertelt dat hij verbannen wordt. Ze smeekt hem haar mee te nemen. Het donkere Dandakawoud in.

***

De demonkoning stort dodelijk gewond neer. De apen juichen om hun overwinning. Sita loopt op Rama toe. Hij geeft een teken dat ze niet verder mag komen en verstoot haar. De brandstapel wordt opgericht. Sita verdwijnt achter een wapperende oranje sari. Vanuit de coulissen roept juf Sallie de tekst van de vuurgod de zaal in. Rama vertelt het apenleger waarom hij instemde met de vuurproef en neemt Sita in de armen. Gejuich alom!

Iedereen neemt de eindpositie in: op de eerste rij juf Sallie en alle hoofdrolspelers. Ze groeten. Achter hen buigt een rij witte tulbanden het hoofd. Dan een rij zwarte. Het applaus houdt minutenlang aan. Juf Sallie roept Bram erbij. Het applaus wordt nog sterker. Verlegen staan ze met gevouwen handen maar te buigen en te buigen. Tot juf Sallie het welletjes vindt en aan het hoofd van de groep het podium verlaat.

In het verkleedlokaaltje tateren en lachen ze erop los. Rani neemt het kroontje van haar hoofd, doet een voor een de juwelen uit. Voorzichtig schikt ze ze in de daarvoor bestemde doos. Ze schrikt van de stem van Bram vlak achter haar.

'Een perfecte Sita', zegt hij zacht. 'Zoals jij de brandstapel beklom. Zo waardig. Zo zeker van je onschuld. En hoe nederig je daar stond, toen je gelijk bewezen was.'

Hij kijkt haar aan alsof ze een buitenaards wezen is. Ze wordt er helemaal verlegen van. 'Dat speelde ik maar hoor', bromt ze. 'Fluitje van een cent!' Snel loopt ze de zaal in. Bram volgt haar op de voet.

***

De klapstoelen staan al tegen de muur gestapeld. Drie nonnen laveren tussen de genodigden en bieden water en vruchtensap aan. Rani's ouders staan helemaal achteraan. Terwijl Rani zich een weg baant tussen de groepjes pratende mensen voelt ze een rukje aan haar *palloe*[19]. Bram natuurlijk.

'Wacht even, ik wil je graag voorstellen aan mijn ouders', fluistert hij. En tot een grote, slanke, bruinharige man en een bijna even grote en slanke maar blonde vrouw: 'Mam, pap, dat is nu Rani.' Het klinkt zo trots. Alsof hij haar zonet eigenhandig geschapen heeft!

'Ah, daar heb je onze lieftallige Sita!' zegt de man. Hij spreekt met een licht accent dat ze niet meteen kan thuisbrengen.

'Mooi gedaan, Rani', prijst de vrouw alsof ze haar al jaren kent. 'Die rol past je uitstekend.' En tot Bram: 'Je hebt gelijk, jongen, ze is goed.'

Hoezo, je hebt gelijk, jongen, ze is goed? Wat betekent dat nu weer?

Juf Sallie komt er ook bij. Zij blijkt Brams ouders te kennen. Vanuit haar ooghoeken ziet Rani die van haar dichterbij komen. 'Mijn vader en moeder,' zegt ze met een deftige buiging, 'en dat zijn de ouders van Bram.' Haar hand wijst hun richting uit. Ze begint plezier te krijgen in het hele gedoe. Net een chique receptie.

'Aangenaam', knikt Brams pa. 'Armand Laforce, mijn vrouw Karen'.

'Rob Debaere, Veronica.' Pa glimlacht en drukt de ouders van Bram de hand. Haar vader is knap als hij glimlacht, vindt Rani, ze is behoorlijk trots op die pa van haar.

'U bent juf Sallie', zegt hij, terwijl hij ook de juf de hand schudt. 'Een beetje tevreden over mijn dochter?'

'Heel tevreden, uw dochter heeft talent, mijnheer Debaere.' En tot Rani: 'Ik heb eens nagedacht over je vraag van gisteren, Rani. Als jij een groepje van tien bij elkaar krijgt, dan wil ik wel om de veertien dagen les komen geven.' Ze duwt Rani een kaart in de handen.

'O, fantastisch, juf!' Rani valt meteen uit haar rol van deftige receptiegenodigde. 'Lotte en Anna willen vast meedoen. En we maken reclame op school, het lukt zeker!'

'Je moet ook wel voor een lokaal zorgen, hoor.'

'Geen probleem', komt haar vader tussenbeide. 'Achter mijn boekhandel is een tamelijk grote ruimte die we regelmatig verhuren aan toneelgroepen en dergelijke.'

'Stenen vloer?'

'Houten.'

'Dan zou ik het u afraden, mijnheer Debaere, een houten vloer is ideaal om blootsvoets te dansen, maar als wij er met zijn tienen tegelijk op stampen zoals we dat in Bharata Natyam doen, vallen uw boeken gewoon uit hun rekken, geloof me!'

'Welke boekhandel hebt u, mijnheer Debaere?' wil Brams vader weten.

'Het is een algemene boekhandel', antwoordt pa. 'Met een voorkeur voor kunst en literatuur.'

'Dan komen we zeker eens langs. Karen is kunsthistorica[20] van opleiding. Ze zal bij u allicht haar gading vinden.'

Rani voelt vanbinnen iets flapperen. Ze kijkt naar Bram. Zijn ouders willen eens langskomen! Ze zullen elkaar terugzien, dat is zo goed als zeker. Zou Ganesha daarvoor hebben gezorgd? Omdat ze zo mooi voor hem danste?

Voor het eerst mengt nu ook Rani's moeder zich in het gesprek.

Enthousiast vertelt ze mevrouw Laforce hoe degelijk de boekhandel van haar man wel is. Rani ergert zich verschrikkelijk. Ma doet altijd zo opschepperig over pa. Gênant is dat! Ondertussen dicteert pa naam, adres en telefoonnummer van de zaak aan mijnheer Laforce. 'Pap, schrijf je meteen ook het nummer van Rani haar mobieltje op?' vraagt Bram.

Zijn vader kijkt gespeeld verontwaardigd. 'Dat is een hoogst indiscrete vraag, Bram. Zou jij niet beter het nummer van jouw mobieltje aan Rani geven?'

Bram schrijft het meteen op een ander blad, scheurt het af en geeft het haar. 'Vind je het niet erg dat ik jouw nummer noteer?' Rani schudt het hoofd. Nee, dat vindt ze niet erg. Wel integendeel. Ze dicteert hem meteen ook haar mailadres.

**

Niets vergeten? Ze kijkt nog even het kloosterkamertje rond. Het ziet er weer even kaal uit als toen ze hier toekwam: een eenpersoonsbed, een tafel en een stoel, een tweede stoel die ze als nachttafeltje gebruikte, een kleerkast, een wastafel. Hopelijk komt ze hier volgend jaar weer. Ze mist het samenzijn met de anderen nu al. Ze hangt haar reistas over haar schouder, loopt snel de trappen af.

Oma is een paar dagen geleden onwel geworden, vertelde haar moeder daareven aan de juf. Ze ligt in het ziekenhuis. Daar moet ma morgen naartoe, daarom wilde ze Rani graag vanavond al mee naar huis nemen. Rani was snel de zaal rondgelopen om afscheid te nemen van iedereen. Als laatste had ze Bram de hand gedrukt. Ze wisten geen van beiden wat te zeggen. Onderweg naar de kleedkamer draaide ze zich nog eens om, zag dat Bram haar nakeek. Ze wees veelbetekenend op haar pols. Hij glimlachte. Een glimlach van: nooit verliezen we elkaar nog uit het oog. Een glimlach als donzige engelenvleugels.

'Wat is er precies met oma?' vraagt ze wanneer ze even later wegrijden.

'Ze kreeg woensdagmiddag een beroerte. Gelukkig hoorde de onderbuur de bons toen ze viel en heeft hij meteen de ziekenwagen gebeld. Gisteren mocht ze de intensieve afdeling verlaten. Vandaag heeft tante Ria bij haar gewaakt, morgen is het mijn beurt.'

'Is ze er zo slecht aan toe?'

'Ze is bij bewustzijn maar ze praat moeilijk, ze is ook half verlamd.' De stem van haar moeder trilt.

'Oh, ma, wat erg. Mag ik morgen mee?'

'Wij gaan met zijn tweetjes na sluitingstijd', belooft haar vader. Hij kijkt haar aan in de achteruitkijkspiegel. 'Kop op, meid, het komt wel goed met oma. De moderne geneeskunde kan heel wat.'

Haar kordate oma vastgekluisterd aan een ziekenhuisbed! Rani kan het zich nauwelijks voorstellen. Ze haalt de kaart die de juf haar gaf uit haar tas. Een jonge juf Sallie zit in kleermakerszit onder een enorme boom. Bram zou vast weten welke boom dat is, denkt ze. Ze draait de kaart om. Jufs naam, adres, telefoon, website, mailadres. Helemaal onderaan: Sallie van der Meer, Kalakshetra[21], Chennai.

'Ma, Kalakshetra, is dat de naam van een stad?'

'Wat zeg je?' Ma is er duidelijk met haar gedachten niet bij.

'Weet jij wat dat is, Kalakshetra?'

'Een school in Chennai waar je les kunt volgen in klassieke dans en muziek en nog een en ander. Waarom vraag je dat?'

Rani geeft haar de kaart. Ze herinnert zich nu dat juf Sallie in het begin van de stage ook iets over een dergelijke school vertelde.

'Waar heeft dat vriendje van jou op die trom leren spelen?' vraagt pa.

'Bram is mijn vriendje niet, Bram is mijn rakhibroer. Hij moet me altijd beschermen.'

'Ah zo!' In de achteruitkijkspiegel vangt ze nog net pa's veelzeggende blik naar ma op.

'En waar heeft die broer van je dan op die trom leren spelen?'

'In India natuurlijk. Hij heeft daar vier jaar gewoond. Zijn vader was er ambassadeur.'

'Hoho, de zoon van een ambassadeur als broer, jij zult het nog ver schoppen, meid!'

Rani haalt haar schouders op. Ze heeft al spijt dat ze erover begon. Ze stopt de kaart weer in haar reistas en nestelt zich in de warmte van de engelenvleugels.

***

Bram perst de lucht uit zijn sporttas en bergt hem in zijn kleerkast op. Goed dat hij ook meteen mee naar huis kon na Rani's vertrek! Hij opent het raam, snuift de zoete geur van rozen en kamperfoelie op. Er wordt op de deur geklopt. 'Kom erin', roept hij.

'Je sliep toch nog niet?' vraagt zijn moeder.

Hij knipt gauw zijn bureaulamp aan. 'Nee hoor, ik stond gewoon een beetje na te denken.'

'Over de stage?'

'Ja.'

'Is dat wat ik denk dat het is?' Ze wijst op het touwtje rond zijn pols.

Bram antwoordt niet meteen.

'Wil je me er niets over vertellen?'

Hij kijkt zijn moeder tersluiks aan. Ach, waarom ook niet? Hij weet dat ze in reïncarnatie gelooft, ze hebben het er al dikwijls met elkaar over gehad.

'Ik heb haar herkend, mam.'

'Je hebt haar herkend? Rani, bedoel je?'

'Ja, Rani. Ik ken haar van vroeger.'

'Hoezo? Was ze ook in New Delhi²² toen wij er waren? Of heb je haar in Chennai ontmoet?'

'Nee, je begrijpt het niet. Ik ken haar van vroeger, van voor dit leven.'

'Van voor dit leven?' Hij hoort de aarzeling in haar stem. 'Weet je dat zeker?'

'Heel zeker. Ik herkende haar meteen.'

Zijn moeder zwijgt. Hij hoort haar denken. Als ze hem nu maar niet uitlacht, dat zou hij niet kunnen verdragen.

'Ze lijkt me wel een aardig meisje, die Rani.'

'Ze is heel bijzonder, maar dat weet ze zelf niet.'

'Iedereen is bijzonder, Bram.'

'Dat is niet wat ik bedoel. Ach, laat maar, ik wil het er eigenlijk niet verder over hebben.'

'Oké', zegt zijn moeder. 'Weet je wat, we nodigen haar en haar ouders eens uit op een weekend. Dan ga ik lekker Indiaas koken en dan kunnen pap en Rani's vader elkaar wat beter leren kennen. Ik heb de indruk dat het klikt tussen die twee. Wat denk je daarvan?'

'Fijn', antwoordt hij zo onverschillig als maar kan. Maar zodra ze de deur achter zich dichttrekt, neemt hij zijn kalaripayatstok uit de kast en vecht zich een weg naar de andere kant van de kamer. Heen, terug, heen, terug. Hijgend ploft hij op bed neer. Hij grinnikt. Al bij al was die stomme dansstage toch voor iets goed. Zijn trom lijkt hem te wenken. Hij komt overeind en streelt de strak gespannen huid. Zachtjes begint hij erop te roffelen.

Over moeders en dochters

Een week later.
Haar hart slaat een slag over. Een mailtje van Bram.

Hallo Rani,

Bedankt voor het doorsturen van je affiche voor de lessen van juf Sallie. Goed gemaakt!
Hoe was je eerste schooldag? Het leerprogramma hier is niet precies hetzelfde als in India, maar het schoolhoofd liet me toch meteen het vierde jaar proberen. Het gaat best. Ik ben wel blij dat ik tussen leeftijdgenoten zit. In welke klas zit jij eigenlijk? Had je al alle leerkrachten? Vallen ze mee?
Succes in elk geval en tot volgende zaterdag.

Namaste[23]

Bram

Zo plechtig, alsof ze elkaar nauwelijks kennen! Ze kijkt naar het kleurige pakje naast haar toetsenbord. Haar cadeautje voor hem als ze straks bij hem op bezoek gaan. Een echt rakhibandje. Samen met ma gekocht in de wereldwinkel. Beter dan dat keukentouwtje, dat draagt hij vast al niet meer. Ze droomt weg bij de herinnering aan de avond dat ze broer en zus werden. De avond dat ze een zoen van hem kreeg. De eerste zoen van een vreemde jongen! Hij zou haar wel een achterlijke trut vinden, als hij dat zou weten. Allemaal de schuld van haar moeder. Ze mag helemaal nergens naartoe. Alleen naar verjaardagsfeestjes van vriendinnen. En dan nog wordt ze gebracht en afgehaald, zelfs als het Anna's feestje is. Alsof ze niet elke dag naar Anna fietst om samen naar school te rijden! 'Dat is niet hetzelfde', zei haar moeder toen ze laatst protesteerde. 'Er kan van alles gebeuren op zo'n feestje. Ik kom je afhalen en daarmee basta. Het maakt niets uit dat je al dertien bent. Zo oud is dat niet hoor!' Rani zucht. Ma is soms echt onredelijk. En op steun van pa hoeft ze ook al

niet te rekenen. Die geeft ma altijd gelijk in die dingen. Altijd!
Ze beweegt de muis om het scherm weer zichtbaar te maken en
denkt even na. Zou hij vermoeden dat ze pas in het eerste middel-
baar zit? Vast niet, ze ziet er ouder uit dan ze is, dat zegt oma toch.
Ze kan maar best een beetje vaag blijven.

Hoi Bram,

*Het was fijn om mijn vriendinnen terug te zien, maar dat is dan ook alles. Ik
baal dat de vakantie voorbij is. En het duurt nog meer dan vijftig dagen voor
het novemberverlof eraan komt. Een eeuwigheid! Al goed dat de danslessen eind
september starten.*

Tot zaterdag. Ik zie ernaar uit!

Rani

Ze herleest het tekstje nog eens voor ze op 'Verzenden' klikt. Perfect:
ze heeft niet verklapt in welke klas ze zit en ze heeft toch geantwoord. Straks kan ze nog in de diplomatie, net als zijn pa. Weer
denkt Rani aan haar moeder. Na de boodschappen waren ze nog iets
gaan drinken op een terrasje. Toen kwam het hoge woord eruit. Ma
had een probleem en dat probleem was Bram of beter gezegd, Rani's
vriendschap met Bram.
    'Opletten,' had ma gewaarschuwd, 'je laat je best niet te veel in
met dergelijke mensen. Die zijn veel luxe gewoon, dat zie je zo. Daar
komen gegarandeerd moeilijkheden van.'
    Rani was woedend geworden. 'Waarom heb je me eigenlijk naar
die stage laten gaan? Had me dan gewoon thuis opgesloten!' had ze
geschreeuwd. Met het te voorspellen gevolg: ma half in tranen iets
mompelend als 'voor je eigen bestwil'. Om helemaal door het lint te
gaan!
    Eigen bestwil, mijn grootje, denkt Rani. Ma kan de pot op met
haar gezeur. Bram is mijn broer en zal dat blijven. Mijn rakhibroer.

***

De kamer ligt op de benedenverdieping, de muurhoge ramen geven uit op een langgerekte tuin. In een van de hoeken staat een bureau met een computer erop, een volgestouwd boekenrek ernaast. Aan de overkant een grote moderne kleerkast. Zijn trom staat in een andere hoek. De plankenvloer is kaal. Witte muren, zandkleurige gordijnen.

Wel een beetje saai, vindt Rani. 'Slaap je hier niet?' vraagt ze.

'Toch wel, er zit een opklapbed in het rechtse deel van die kast. Links hangen mijn kleren, meer heb ik niet nodig. Ik wil zo veel mogelijk ruimte vrijhouden om kalaripayat te oefenen.' Bram wijst naar de poster naast het boekenrek. Twee schaars geklede Indiase mannen in gevechtshouding. Ze zijn gewapend met lange stokken. Indrukwekkend. Daarnaast een bord waar foto's op geprikt zijn: Bram in gelijkaardige houdingen, meestal alleen. De eerste keer dat ze hem in bloot bovenlijf ziet, glanzend van het zweet, gespierd. Ze slikt. Hij lijkt wel een atleet! Vreemd, gekleed ziet hij er veeleer tenger uit. Op enkele foto's is hij aan het vechten met een Indiase jongen. Op de achtergrond telkens dezelfde gedrongen man in dhoti.

'Je leraar?' wijst ze.

'Ja, ik heb het laatste jaar van ons verblijf in India in de buurt van Chennai gewoond bij Indiase vrienden van mijn ouders. Ik had al lessen gevolgd in New Delhi, maar ik wilde naar een echte kalaripayatschool. Die kun je in heel wat dorpen in het zuiden vinden. Ik trainde elke morgen van zes tot halfacht. Oom Amrit bracht me erheen, samen met zijn zoon, Ram. Met hem ben ik trouwens aan het trainen op die foto's.'

'Was het niet akelig om daar zonder je ouders te zijn?' Ze rilt bij de gedachte alleen al.

'Ik miste hen wel, maar ik wou dat absoluut doen. Oom Amrit had er ook voor gezorgd dat ik bij een fantastische mridangaleraar mocht studeren.' Over de echte reden waarom hij naar Chennai was getrokken, heeft hij het liever niet. Daar is het nog veel te vroeg voor.

'Wil je mijn website zien?' vraagt hij.

'Heb jij een website? Laat zien.'

Hij is meer bij de tijd dan ze dacht. Nieuwsgierig klikt ze het ene onderwerp na het andere aan. De site ziet er even strak uit als zijn kamer. Weinig kleur, overal hetzelfde lettertype.

'Eigenlijk zijn de links het belangrijkste', wijst hij.

'India,' leest ze, 'Chennai, Mridanga, Kalaripayat, Bharata Natyam. Hé, Bharata Natyam ook?'

'Bijgevoegd na de stage, met een verwijzing naar de website van juf Sallie. Ik heb er ook je affiche op gezet, je weet maar nooit of het helpt.'

Onder Bharata Natyam staan vijf onderverdelingen. Een ervan is Kalakshetra. Die bekijkt ze als eerste. Op de homepage de enorme boom die ook op het kaartje van juf Sallie staat.

'Een banyan. Indrukwekkend, vind je niet?'

Ze knikt. De tekst is in het Engels, daar kan ze niets mee. Gelukkig staan er veel foto's bij. Prachtige gebouwen, veel groen, tentoonstellingen, danslessen, toneelopvoeringen.

'Ben jij er ooit geweest?' vraagt ze.

'Meer dan eens. Als mijn ouders me kwamen opzoeken, gingen we er met zijn allen naartoe. We gaan er met de kerstvakantie trouwens weer heen. Dan is er een heel bekend muziekfestival met uitvoeringen overal in de stad, en in Kalakshetra zijn er tijdens die twee weken een heleboel muziek- en dansoptredens.'

'Geluksvogel!'

'Dat mag je wel zeggen. Als ik klaar ben met de middelbare school, ga ik in Kalakshetra zelfs de muziekopleiding volgen. Die duurt vijf jaar.'

'Je meent het niet! Zijn je ouders het daarmee eens?'

'Die vinden het prima. Jammer dat ik nog zo lang moet wachten.'

'Hé, je bent pas hier en je wilt alweer weg!'

'Weg gaan we toch. Mijn pa moet nu hier een jaar op de Indiase ambassade in Brussel werken en nadien krijgt hij weer een post in het buitenland.'

'Oh, waar dan?'

'Geen idee. Ik hoop dat het in de buurt van India is.'

Ze staat op, kijkt de andere kant op. Ze wil niet dat hij merkt hoe teleurgesteld ze is. Stom ook van haar om te denken dat hij nu voor altijd hier zou blijven. Ze heeft ineens nood aan frisse lucht.

'Laten we even de tuin in lopen', stelt ze voor.

***

Ze had het manshoge granieten beeld niet gezien vanuit het raam van zijn kamer. Geleund tegen een grazende koe staat de herdersgod er in zijn typische houding: steunend op het linkerbeen, de rechtervoet op de tenen over de linkervoet heen. De dwarsfluit rechts aan de mond. Op het hoofd een soort kroon. Het staat hier prachtig, geflankeerd door twee hoge populieren en als achtergrond een muur vol klimop.

'Krishna!' roept ze verrast uit. En dan: 'Ik vind dat zo'n leuke god, leuker nog dan Ganesha. Hij is mijn lievelingsgod.' Ze groet hem glimlachend, de handpalmen tegen elkaar gedrukt voor de borst. Hem zien is vrolijk worden. 'Misschien heb ik ooit in een van zijn tempels gedanst en was ik met hem getrouwd!' voegt ze er half lachend, half ernstig aan toe.

'Wist je dat hij later koning werd en ook een grote wijze was? Heb je de *Mahabharata*[24] weleens gelezen? Ken je het verhaal van de *Bhagavad Gita*[25]?'

Nee, schudt ze. Ze kent alleen de verhalen die juf Sallie over Krishna vertelde. Over zijn deugnietenstreken als kind en over hoe verliefd de herderinnetjes op hem werden toen hij ouder werd. Ze voelt zich plots onbehaaglijk. Wat die Bram niet allemaal weet! Wat hij niet allemaal al gezien en gedaan heeft! Hij lijkt wel tien jaar ouder dan zij in plaats van bijna twee. Had ze maar wat beter geluisterd naar wat ma haar al die jaren probeerde bij te brengen over India, dan kon ze nu tenminste een woordje meepraten.

'Kom je nou?' Hij keert op zijn stappen terug. 'Ze roepen ons, het eten is klaar.'

Dat had ze helemaal niet gehoord. Snel loopt ze hem na, het grote herenhuis binnen.

'Schuiven jullie maar gauw bij', zegt Brams moeder. 'Ga jij aan de overkant zitten, Rani, naast je vader? Smakelijk iedereen. Bedien je maar!'

'Een koninklijk maal, Karen', knikt pa waarderend terwijl hij van elke schotel een kleine portie op zijn bord schept. Dan tegen Rani: 'Zal ik jou ook bedienen, meid?'

Ze knikt. Ze heeft nog nooit zoveel gerechten bij elkaar gezien. Salades, *samosa's*[26], gekruide kip, verschillende soorten rijst, schotels met spinazie, bloemkool, boontjes, *curry's*[27]... Ze zou echt niet weten wat te kiezen, het ziet er allemaal even lekker uit.

'Het helpt dat je hier in Brussel zoveel Indiase ingrediënten kunt vinden', zegt Brams vader. 'Hoe is jullie interesse voor India eigenlijk begonnen?'

Rani weet wat er nu komt, maar ze vindt het telkens weer leuk om horen.

'Wel,' antwoordt pa, 'toen ik tijdens mijn studies filosofie in aanraking kwam met de hindoefilosofie was mijn interesse voor de westerse denkrichtingen meteen verdwenen. Ik gaf er de brui aan en ging in een boekhandel werken. Na enkele jaren kon ik die overnemen. Prachtig, dacht ik, nu kan ik de boeken aankopen die ik wil lezen en er nog mijn brood mee verdienen ook! Het draaide wel eventjes anders uit. Een boekhandel beheren is een vrij intensieve bezigheid en er schoot weinig tijd over om me nog in de hindoefilosofie te verdiepen. Nu ik jullie bibliotheek zie, krijg ik vreselijk veel zin om daar weer eens werk van te maken.'

'En jij, Veronica, hoe verliep het bij jou?' vraagt de moeder van Bram.

Ma krijgt een kleur. 'Bij mij is alles begonnen met een flinke geelzucht.' Ze kijkt alsof ze wil zeggen: sorry, ik ben niet meteen een interessant iemand. 'Ik leek er niet helemaal van te genezen,' vervolgt ze, 'ik bleef maar moe en lusteloos. Toen raadde een vriendin me aan om met yogaoefeningen te beginnen. Die werken op de organen, zei ze, je zult zien dat het helpt. En gelijk had ze. Mijn yogaboek bevatte ook een hoofdstuk over meditatie. Daar wou ik meer over weten. Ik ontdekte een boekhandel waar er nogal wat werken over dat onderwerp te vinden waren. En de boekhandelaar wist er duidelijk ook een en ander over.' Ze kijkt pa lachend aan.

'En ze trouwden en leefden nog lang en gelukkig', grinnikt Brams vader.

'Inderdaad,' valt pa hem bij, 'alleen kregen we geen kinderen en dat wilden we toch heel graag. Op zijn minst eentje, en dan het liefst een meisje, en nog het allerliefst een Indiaas meisje. En dat is ons gelukt.' Hij slaat een arm om Rani's schouders en drukt haar dicht tegen zich aan. Haar moeder kucht. Dat doet ze altijd als ze een beetje zenuwachtig is.

'Is dat moeilijk, een kind uit het buitenland adopteren?' vraagt Bram.

Pa slaat zijn ogen op naar het plafond. 'Een echte lijdensweg! Je wilt het zo graag en liefst meteen, maar er gaat een enorme papiermolen aan vooraf. Je moet ook cursussen volgen en aan allerlei voorwaarden voldoen. Er gaan gemakkelijk twee à drie jaar overheen. Maar als het eindelijk zover is, als je mag vertrekken naar het tehuis waar je kind op je wacht, dan is dat allemaal vergeten. En als je dat kind dan eindelijk in je armen neemt...' Weer drukt hij Rani tegen zich aan.

'Hebt u daar ook Rani's echte ouders ontmoet?'

'Bram, zo is het wel genoeg!' Zijn vaders stem klinkt streng.

'Sorry,' mompelt Bram, 'ik wou niet...'

'Geeft niet, Bram', sust ma. 'Nee, de zusters vertelden ons alleen dat Rani's mama een ongehuwde moeder was die niet meer zelf voor haar kind kon zorgen. Ze bracht Rani naar het tehuis toen ze zes maanden oud was. Anderhalf jaar later kwam ze bij ons.'

Er zijn momenten waarop Rani haar moeder hartgrondig verwenst en dat is zo'n moment. Waar haalt ma het recht om haar grootste geheim te verklappen! En dan nog aan Bram! Bram die ze wijsmaakte dat haar ouders dood waren. Ze werpt hem een snelle blik toe. Hij kijkt alsof hij blij is, erg blij. Waar bemoeit die gast zich eigenlijk mee! Met een ruk schuift ze haar halfvolle bord van zich af. Gelukkig maakt niemand daar een opmerking over. Als ze van tafel gaan, wil ze niet nog een keer met Bram mee naar zijn kamer. Ze blijft liever stilletjes bij de koffiedrinkende volwassenen zitten in de salon. Bij het afscheid durft ze hem nauwelijks aan te kijken.

***

Die nacht slaapt ze erg onrustig. Voortdurend schiet ze wakker uit verwarrende dromen, dommelt ze weer in, schrikt ze weer wakker. Als de wekker eindelijk afloopt, heeft ze keelpijn en een koortsig gevoel.

'Oei,' schrikt haar moeder als ze de thermometer bekijkt, 'dat is hoog. Ik bel meteen de dokter. Ga maar lekker weer naar bed, dan breng ik je ontbijt.'

Ze voelt zich te moe om te protesteren. Lusteloos sloft ze weer naar haar kamer. Wanneer haar moeder aanklopt met een kop hete thee en boterhammen is ze alweer in slaap gesukkeld.

De dokter is er pas tegen de middag. 'Een beginnende keelontsteking', diagnosticeert hij. 'Vier dagen binnen blijven.' Hij schrijft haar een middel voor om te gorgelen en iets tegen de koorts. De rest van de dag ligt ze wat te suffen. Zelfs een spelletje op haar computer zegt haar niets.

De volgende dag voelen haar hals en nek stijf en is de koorts nog opgelopen. Tegen de avond komt de dokter opnieuw. Hij betast de pijnlijke plekken. Zijn gezicht staat ernstig. 'Klierkoorts', zegt hij. 'Dat kost je meer dan vier dagen binnenblijven, meisje. Al goed dat we er snel bij zijn.' En hij schrijft haar meteen twee weken rust voor. 'Om te beginnen', waarschuwt hij.

'Twee weken', jammert ze als hij weg is. 'Dat kan toch helemaal niet. Hoe moet dat nu met de danscursus? Juf Sallie zou eind deze maand beginnen. Hoe kan ik er nu voor zorgen dat er genoeg inschrijvingen zijn?'

'Juf Sallie vindt het vast niet erg als de danscursus een beetje later start', sust haar moeder. 'Ga maar gauw weer in bed liggen. Rust is de beste remedie, zei de dokter, je hebt het zelf gehoord.' Voor ma de kamer uitloopt, sluit ze de overgordijnen.

Als Rani de deur van de woonkamer hoort dichtklappen, komt ze haar bed uit en steekt ze het licht aan. Stel dat Bram haar komt bezoeken! Stel dat hij dat te zien krijgt! Vol afschuw kijkt ze de kamer rond. Bloemetjesbehang: witte margrieten op hemelsblauwe achtergrond. Donald Duckmotieven op overgordijnen en sprei. Boven haar bed een plank vol teddyberen. Een opklaptafel met haar computer. Stapels computerspelletjes ernaast. Een withouten kleerkast. Meidenbladen en strips op de vloer. Een kinderkamer! Dat is een kinderkamer! 'Een babykamer zul je bedoelen', gromt ze. Woest veegt ze de teddyberen van de plank en propt ze in een plastic zak. De helft van de computerspelletjes vliegt erbij. Als ze aan de tijdschriften en de strips begint, wordt ze duizelig. Het zweet breekt haar uit. Ze gaat op de rand van haar bed zitten en wacht tot het over is. Dan gaat ze liggen en valt onmiddellijk in slaap.

De volgende dagen slaapt ze veel. Tussendoor bladert ze wat in de tijdschriften die pa voor haar meebrengt, probeert de toetsen te maken die Anna geregeld aan ma afgeeft. Maar ze is moe! Moe, moe en nog eens moe. Telkens ze aan Bram denkt, begint haar huid te prikken. Ze durft niet naar haar mails te kijken. Ze laadt haar mobieltje niet meer op. Goed eigenlijk, goed dat ze die rare koorts kreeg en thuis moet blijven. Wat haar betreft, mag dat eeuwig duren. Ze kunnen allemaal de pot op: Bram, zijn ouders, haar ouders, de school, Anna. En juf Sallie. Ja, ook juf Sallie en dat hele Bharata Natyamgedoe. En die rotmoeder van haar die haar zomaar naar een kindertehuis bracht en haar daar achterliet. Ze haat hen. Ze haat hen allemaal. Opeens mist ze haar teddyberen. Peuter, scheldt ze en stopt een duim in haar mond. Ze bijt erop tot hij bloedt.

***

Bram loopt ongedurig heen en weer, valt af en toe uit naar een denkbeeldige tegenstander. Na het etentje van vorige zaterdag kreeg hij geen teken van leven meer van Rani. Zijn mails blijven onbeantwoord en bellen of sms'en haalt niets uit: haar mobieltje staat niet aan.

Na haar vertrek kreeg hij een flinke uitbrander van zijn vader. Zijn moeder legde even haar hand op zijn schouder, maar hij voelde wel dat zij het met pap eens was.

En toch, denkt hij koppig, toch heeft hij er goed aan gedaan die vraag te stellen. Toegegeven, hij vroeg het uit nieuwsgierigheid. Uit ongeduld eigenlijk. Wanneer zou ze nu eindelijk eens beseffen dat je afkomst kennen belangrijk is? Dat het je een pak kan leren over wie je werkelijk bent en wat je allemaal kunt. Maar nu heeft hij blijkbaar de boel geforceerd. Rani klapte helemaal dicht. Het is ook altijd hetzelfde met hem. Alles moet rechttoe rechtaan. Zo is hijzelf en zo wil hij dat anderen zijn. Maar hij heeft niets te willen. Hoe dikwijls heeft zijn kalaripayatleraar hem dat niet op het hart gedrukt? 'Observeer jezelf en je omgeving. Eis niets. Komt er iets op je af, geef het al je aandacht en wacht tot het zich volledig aan je toont. Dan pas zul je weten hoe je er het beste op reageert.' Tijdens de oefensessies had hij steeds opnieuw ondervonden dat het een goede raad was. Telkens hij erin slaagde zichzelf en zijn tegenstander aandachtig te observeren, nam zijn lichaam vanzelf de juiste houdingen aan. De krachtmeting werd een spel. Greep hij voortijdig in, dan werd het een moeizaam gevecht dat hij meer dan eens verloor.

Had hij nog maar even afgewacht, Rani zou hem vast zelf over haar moeder hebben verteld. Zou ze erg boos op hem zijn? Hij moet een middel vinden om haar te bereiken. Bellen naar haar ouders? Dat durft hij niet. Zij leken zijn vraag niet vreemd te vinden, maar na het standje van zijn vader is hij daar niet meer zo zeker van. Hij staart naar het Krishnabeeld in de tuin. Mijn lievelingsgod, noemde Rani hem. Was hij zelf maar zo charmant als de fluitspelende herdersgod. Speels, guitig, knap, verleidelijk. Hij zou al wat meer ervaring hebben met meisjes. Even duikt de tengere figuur van Kamala op, zijn eerste vriendinnetje uit New Delhi. Hij verjaagt het beeld uit zijn hoofd. Kamala ziet hij nooit meer terug. Toen het uit was, was hij helemaal van de kaart en durfde hij geen enkel initiatief meer te nemen, zeker niet naar Indiase meisjes toe.

Hij zucht. Meisjes zijn in hem geïnteresseerd, ook hier, hij kan er niet naast kijken. Toch komt er nooit iets van. Het lijkt wel alsof ze hem alleen maar bewonderen. Van ver. Het is zelfs alsof juist die bewondering hen van hem weghoudt. Hij is ook zo serieus altijd. Om jaloers op te zijn, hoe andere jongens meisjes aan het lachen brengen. Hoe ze hen moeiteloos meekrijgen naar hun voetbalmatch of naar de plek waar ze skateboarden of naar het zwembad. Misschien moet hij er eens eentje meenemen naar de kalaripayatlessen? Hij haalt zijn schouders op. Geen van de meisjes uit zijn klas zou daarin geïnteresseerd zijn, dat weet hij wel zeker. Ze zouden hem alleen nog vreemder vinden. Met Rani leek het voor het eerst een beetje te lukken. Al kreeg hij net voor ze aan tafel gingen de indruk dat zelfs zij ineens genoeg van hem kreeg. Hij weet nog precies wanneer dat gebeurde: toen hij haar over de Bhagavad Gita wilde vertellen. Dat was er te veel aan. Hij vergeet ook altijd dat ze zo weinig weet over haar eigen cultuur. Hoe komt dat toch? Haar ouders hebben er wel interesse voor, ze hebben er haar vast al veel over verteld. En ze kwam toch naar de stage? Hij snapt er niets van. Of wil ze misschien niets met India te maken hebben omdat haar Indiase moeder haar in de steek liet? Er gaat een siddering door hem heen. Heeft hij altijd als hij iets ontdekt dat waar is.

Ik schrijf haar een brief, denkt hij, een ouderwetse brief. Hopelijk wil ze hem lezen. Ooit. Als ze er klaar voor is. En nu zal hij wachten tot ze er klaar voor is, al duurt het eeuwen.

'Dat zal ik toch proberen, Heer Krishna', zegt hij in de richting van het beeld. 'Help me daarbij, wilt u?'

***

'Zeg eens, meid, wat is er aan de hand? Vertel het je ouwe pa maar.'

Rani hoort hoe haar vader haar bureaustoel tot naast het bed rolt en gaat zitten. Ze wil het liefst haar donsdeken helemaal over haar hoofd trekken. Met tegenzin draait ze zich naar hem toe.

'Ik ben gewoon ziek,' pruilt ze, 'ik wil met rust gelaten worden. Is dat zoveel gevraagd?'

'Je weet wat ik denk over ziek zijn, hé?'

Ze antwoordt niet. Natuurlijk weet ze dat. Ziek zijn begint altijd op dezelfde manier, beweert pa: door opstandig te zijn tegen wat je overkomt. Er is iets wat je oneerlijk vindt, of triest, of vervelend, of lastig, of wat dan ook. Als dat lang genoeg duurt, wordt je lichaam daar moe van en kan het zich niet meer verweren tegen bacteriën of virussen. Of je krijgt een ongeluk omdat je onoplettend wordt.

'Vertel me eens wat je dwarszit. We kennen elkaar nu al zo lang. Ik ben al,' hij telt het na op zijn vingers, 'ik ben al bijna elf jaar je pa.'

Ik ben wel dertien, denkt ze. Dertien en een half. Haar ogen vullen zich met tranen. Ze begint te snikken, te snikken, het lijkt wel of ze nooit meer zal kunnen ophouden. Ze voelt zijn grote warme hand op haar hoofd. Daar moet ze nog meer van huilen, ze kan nauwelijks adem krijgen en moet rechtop gaan zitten. Pas als ze een beetje bedaart, kan ze horen wat hij de hele tijd tegen haar zegt: 'Huil maar meid, huil het er maar eens allemaal uit. Huil maar.' Hij reikt haar een papieren zakdoekje aan uit het doosje op haar nachttafel en gaat naast haar op bed zitten, zijn arm om haar schouders. Ze laat haar hoofd tegen zijn sterke lichaam rusten. En dan zegt ze iets waar ze zelf van schrikt. 'Ik wil mijn mama,' zegt ze, 'mijn echte mama.' Prompt begint ze weer te huilen. Heel zachtjes nu.

Pa antwoordt niet. Hij drukt haar alleen nog wat steviger tegen zich aan. Zo zitten ze een hele tijd. De tranen blijven komen, zonder geluid. Alsof er diep in haar iets opengebarsten is en al het verdriet dat zich daar heeft opgehoopt naar buiten stroomt. Als een bergriviertje. Ze probeert niet om het tegen te houden. Het is veilig hier in haar eigen kamer, de gordijnen dicht, de deur dicht. Samen op bed met de armen van pa om haar heen. Ze haalt diep adem en snuit nog eens flink haar neus. Het riviertje is gestopt met vloeien.

'Ik heb je wat te vertellen, meid', zegt pa zacht. 'Wil je eventjes naar me luisteren?'

Ze knikt. Hij legt de donsdeken over haar heen en gaat tegenover haar in de bureaustoel zitten.

'Ma en ik wisten dat het eerstdaags zou gebeuren', begint hij. 'Eigenlijk hadden we het al eerder verwacht. We hebben je al die jaren zo veel mogelijk verteld over het land waar je vandaan komt, over hoe de mensen daar leven en over hoe ze over het leven en de wereld denken. Maar nu wil je meer weten en dat kan. Je ma heeft een fotoboek voor je bijgehouden. Er staan foto's in vanaf het moment dat je in het kindertehuis kwam tot nu. Ze hield ook een soort dagboek bij waarin ze opschreef wat je allemaal uitspookte hier, bij ons. Als je dat wilt, brengt ze die straks alle twee naar je kamer. Dan kun je erin kijken en lezen wanneer je er zin in hebt. Wat denk je? Is dat een goed begin?'

'Een goed begin? Waarvan?'

'Van de zoektocht naar je mama. Want dat is toch wat je echt wilt, hé? Je mama terugvinden?'

Nu huilt ze weer! Pa neemt haar op de knieën en zo blijft ze zitten tot ze uitgehuild is. Die nacht slaapt ze voor het eerst sinds ze ziek werd aan één stuk door. Als ze de volgende morgen wakker wordt, ligt er een fotoboek op haar bureau en ook iets wat op een dik schoolschrift lijkt. Ze pakt het beet en bladert er even door. Eerst ontbijten, denkt ze. Dan douchen en dan trek ik kleren aan. Gedaan met die eeuwige pyjama's.

***

Als ze de eerste foto bekijkt, herinnert ze zich dat ze die al gezien heeft. Ook de volgende foto's komen haar bekend voor. Wanneer was dat dan? Het moet erg lang geleden zijn. Op die eerste foto ziet ze een klein, mager kind met een smal gezichtje. Het kijkt ernstig. Het heeft donkere kringen onder de ogen en loenst nogal. Mooi was ik niet, denkt ze. En opeens weet ze het weer. Ze hoort oma lachend zeggen: 'Een scheel scharminkeltje was je hé, Rani!' Oma, haar altijd opgewekte oma, die nooit een blad voor de mond neemt. Hoe zou het met oma zijn? Ze stormt haar kamer uit. 'Ma,' gilt ze terwijl ze de trap afdendert, 'ma, hoe is het met oma?'

Haar moeder rent de keuken uit, een vaatdoek in de handen.

'Hé, wat is er aan de hand?'

'Hoe is het met oma?' herhaalt ze.

'Beter. Blij dat je naar haar vraagt.'

Ze hoort het verwijt in haar moeders stem. Meteen is ze kwaad op ma.

'Vertel op,' eist ze, 'is ze al thuis? Is ze helemaal hersteld?'

Haar moeder loopt de keuken weer in. 'Ze is nog steeds in het revalidatiecentrum. Daar moet ze minstens nog een week blijven. Ze kan alweer stappen en haar arm bewegen, maar het gaat nog moeizaam. Gelukkig kan ze weer vlot praten. Het was niet zo'n zware beroerte, achteraf gezien.'

'Hoe moet dat dan, als ze naar huis komt? Kan ze dan al zelf boodschappen doen en zo?'

'Pa en ik hebben haar voorgesteld een tijdje hier te logeren tot ze volledig hersteld is.'

'Hier? Waar moet ze dan slapen?' Toch niet in mijn kamer, denkt ze.

'Maak je maar geen zorgen, oma zal je kamer niet inpikken!'

Nu wordt ze echt kwaad. Ze heeft toch niets gezegd!

'Dat is gemeen. Ik houd van oma. Ik vind het fijn dat ze komt.'
'Al goed, al goed. We zetten een bed voor haar in de bijkeuken. Ze kan immers de trap nog niet op.'
Rani pakt een appel uit de schaal op het aanrecht en wil de keuken uit lopen.
'Rani?'
'Ja?'
'Heb je al in mijn dagboek gelezen?'
'Nee, daar wou ik net aan beginnen.'
'Vertel je me achteraf wat je ervan vindt?'
Haar moeders stem klinkt vreemd. Ze kijkt ook raar, alsof ze zich ergens voor schaamt.
'Ja, goed.' Als het echt moet, denkt ze er kregelig bij. Waarom maakt ma toch altijd van die stomme opmerkingen! Nu lijkt het net huiswerk. Lees en vertel na in je eigen woorden. Schrijf je commentaar op en lees dat voor in de klas. Bah! Ze gloeit, alsof ze weer koorts heeft.
'Rani?'
'Wat?'
'Ik houd van je. Dat weet je toch, hé?'
Ze trekt haar schouders op en stapt de keuken uit. Boos loopt ze met twee treden tegelijk de trap op en knalt haar kamerdeur extra hard dicht. Verwacht ma misschien dat ze zou zeggen: ik ook van jou? Het lijkt wel op een scène uit een van die melige Bollywoodfilms[28] waar Bram het in de stage over had. Hoe zou het met Bram zijn trouwens? Zou hij haar al eens gemaild hebben? Ze start haar computer op en laadt meteen ook haar mobieltje op. Dan bijt ze een flink stuk uit haar appel en opent haar moeders dagboek. Dat begint met iets wat op een brief lijkt. Een brief die aan haar gericht is.

Mijn lieve meisje,

Het begon allemaal met een groot verdriet toen de dokter ons vertelde dat ik geen kinderen kon krijgen. Het duurde een hele tijd voor je pa en ik daar een beetje overheen kwamen. Het was mijn eigen moeder, jouw oma, die ons zei: 'Kinderen genoeg op deze wereld. Adopteer er eentje.' Ze kwam er telkens weer op terug. En na een tijdje vonden wij het ook een goed idee. Een uitstekend idee zelfs. We begonnen te fantaseren: zou het niet prachtig zijn een Indiaas kindje te adopteren? We waren geen van beiden ooit in India geweest en toch hielden we van dat land. Of toch van die cultuur. Als je groter wordt, zul je zelf zien wat een ontzettend rijke cultuur je geboorteland heeft.

Om een lang verhaal kort te maken: je vader en ik schoten in actie en lieten aan de bevoegde instanties weten dat we graag een kindje uit India wilden. We moesten een cursus volgen en veel papieren invullen en testen ondergaan en vooral wachten. Het duurde drie jaar voor we de foto ontvingen die als eerste in je fotoalbum staat. Drie jaar, stel je voor. Wat waren we blij met die foto! Eindelijk wisten we wie er ons kind zou worden. We wisten dat je een meisje was (daar waren we allebei heel blij om) en we kenden je naam: Rani, wat koningin betekent. We moesten wel nog acht maanden wachten voor we naar Chennai konden vertrekken om ons koninginnetje in onze armen sluiten.

Nu is het zover. Gisteren zagen we je voor het eerst. Ik lachte en huilde tegelijk. Ook je vader huilde. Ik heb hem tot nu toe nog maar één keer zien huilen. Dat was toen hij zag hoe erg ik het vond dat we geen kinderen konden krijgen. Nu huilde hij van blijdschap omdat we er toch eentje hebben. En wat voor eentje!

Als we thuiskomen, houden we een groot feest om je geboorte in onze familie te vieren. Vanaf nu krijg je twee feesten per jaar. Een op je echte verjaardag en een op je aankomstdag.

Welkom, kleine koningin. Welkom in je nieuwe familie.

Weer kijkt Rani naar die eerste foto, de foto van het schele scharminkeltje. 'Rani, dertien maanden' staat eronder. Ma en pa moesten echt wel wanhopig naar een kind hebben verlangd dat ze hier blij mee waren, denkt ze. Het doet haar iets. Zelf zou ze die foto meteen in de vuilbak hebben gekieperd en aan 'de bevoegde instantie' hebben gevraagd of ze echt niets beters te bieden had. Ze denkt na. Dus haar ouders hebben haar niet gekozen uit een boel kinderen in dat tehuis zoals ze altijd gedacht had. Dat schele scharminkeltje konden ze krijgen en daarmee uit. Hoe dikwijls had ze niet gefantaseerd dat ze daar in dat tehuis was en haar armpjes uitstak naar mensen die ze sympathiek vond en dat die dan meteen verliefd op haar werden en haar meenamen. De man leek een beetje op pa, de vrouw leek helemaal niet op ma. Nee, haar fantasiemoeder leek meer op Brams moeder: groot, slank, chic, vol aandacht. Niet zo'n doordeweekse, een beetje onhandige, mollige, zenuwachtige moeder als die van haar. Maar zo was het dus niet gegaan. Noch zijzelf noch haar ouders hadden iets te kiezen gehad. Ze waren tot elkaar veroordeeld. Dat had ze ooit ergens gelezen. Prachtige zin vindt ze dat. Een van die zinnen die voor haar persoonlijk neergepend leken.

Ze bladert verder. 'Rani, vijftien maanden' staat er onder de tweede foto. Ze is een beetje groter, maar loenst nog altijd vervaarlijk naar de lens. Nu zit ze op de arm van een zuster die een witte sari draagt met een blauw boordje. Op de derde foto is ze achttien maanden oud. Ze zit op de grond in een grote ruimte vol kinderen. De meesten van hen lachen, zij niet. Haar haren krullen nu en ze ziet er leuker uit. En dan is er dé foto: op schoot bij ma, pa een hand op de schouder van ma. Beiden lachen ze, alleen zij kijkt sip. Er staat een sterretje bij de foto. Ze kijkt of er achteraan een lijstje met verklaringen te vinden is. 'Foto vier' staat er, 'aantekening één'. Ze ziet nu dat elke foto genummerd is. Aantekening één, waar vindt ze die? Ja, natuurlijk, in ma's dagboek.

Lieve Rani,

We blijven nog een week in Chennai. We proberen iedere dag zo veel mogelijk tijd door te brengen in het tehuis om bij je te zijn. Je huilt niet, maar lachen is er ook niet bij. Je moet nog aan ons wennen. Je hebt al aan zoveel moeten wennen in je korte leventje. Aan zuster Mary die hier een beetje je moeder is, aan de andere zusters, aan al die vele lotgenootjes. En nu moet je opeens weg naar een ver land bij mensen die er heel anders uitzien en zich ook heel anders gedragen. Hoe zal dat allemaal gaan? Zul je je kunnen aanpassen aan ons soort eten? En aan ons klimaat? In een bedje slapen zul je wel leuker vinden dan op een matje op de vloer zoals hier, maar zul je kunnen wennen aan helemaal geen kindjes om je heen?

Psychologen zeggen dat liefde het voornaamste is in een kinderleven. Nu, daar zal het je niet aan ontbreken. Ik loop gewoon over van liefde voor je als ik je in mijn armen houd. Ik wil je het liefst nooit meer loslaten. Maar zal ik precies kunnen aanvoelen wat je nodig hebt zoals je moeder dat ongetwijfeld kon? En zul je mij aanvaarden, ik die een andere geur heb, een andere huid, een andere stem? Ach, nu maak ik me misschien zorgen om niets. Laat ik maar gewoon blij met je zijn en alles doen wat ik kan om je gelukkig te maken, dan gaat het ongetwijfeld goed. Bovendien is je papa er ook om van je te houden. Hij was vanmorgen een beetje jaloers dat ik je almaar in de armen hield, dus gaf ik je even aan hem door. En kijk, naar hem lachte je wel! Je graaide naar zijn bril en lachte terwijl hij gekke gezichten naar je trok. Het komt vast allemaal goed.

Rani schuift het dagboek van zich af. Het raakt haar dat ma zich afvroeg of ze een even goede moeder zou zijn als haar echte mama. En dat ze besefte dat het niet gemakkelijk zou zijn om in een totaal vreemde omgeving terecht te komen. Ze kan zich totaal niets herinneren van haar eerste tijd hier. Jammer.

Eigenlijk zou je je alles moeten kunnen herinneren vanaf je geboorte. Of het liefst al vanaf het moment dat je begon te groeien in je moeders buik. Zouden er mensen zijn die dat kunnen? Ze besluit de brief van ma en deze eerste aantekening te kopiëren op de printer die ze voor haar verjaardag kreeg. Hé, ze vergat haar mailbox te openen, stom. Meteen verschijnen vier berichtjes op het scherm: eentje van Anna en drie van Bram. Eerst maar die van Anna aanklikken:

Rani, waar zit je? Nog steeds in bed? Ik kom om de twee dagen langs, maar je moeder laat me er niet in. Ze zegt dat je een besmettelijke ziekte hebt en veel moet rusten. Ik durf niet eens te bellen uit schrik dat ik je uit je slaap haal. Maar mailen kan toch, hé? Antwoord graag! Dringend!

Anna

Ze leest de mailtjes van Bram.

Nummer één zegt: *Sorry als ik je pijn gedaan heb met mijn vraag gisteren. Dat was niet de bedoeling.*

Nummer twee: *Kreeg je mijn mailtje van twee dagen geleden? Wil je nog contact met me? Ik alvast wel met jou. Niet vergeten dat we nu broer en zus zijn.*

Nummer drie: *Ik hoop maar dat je niet boos op me blijft. Ik schrijf je straks een brief. Ik zal niets meer van me laten horen tot je hem beantwoordt. Goed?*

Dat laatste mailtje schreef hij gisteren, ziet ze. Wanneer zou ze de brief krijgen? Wat zou hij haar schrijven? Ze is helemaal niet boos op hem. Nooit geweest. Alleen beschaamd dat ze hem voorgelogen had. Ze snapt zelf niet waarom ze dat deed. Ze kan er toch niets aan doen dat haar moeder haar in de steek liet? Of dat ze niet weet wie haar vader is? Zo is het nu eenmaal. Dat is je karma[29] zou ma zeggen. Karma betekent handeling, weet ze, en volgens de hindoes leiden goede handelingen tot aangename gevolgen en slechte tot onaangename, is het niet in dit leven dan in een volgend. Volgens ma geloven sommige hindoes zelfs dat je ziel tussen twee levens in beslist welk karma uit een vorig leven zij in het volgende wil goedmaken en ook wat voor nieuwe dingen zij in dat volgende leven wil leren. In functie daarvan kiest zij bij welke ouders zij geboren wil worden. Als dat waar is, heeft zijzelf wel een heel rare ziel, vindt Rani. Een die een moeder voor haar uitkoos die haar gewoon in een tehuis afgaf en verder nooit meer iets van zich liet horen. Wat valt daar nu uit te leren? En wat kan ze op die manier goedmaken? Oké, ze heeft het hier niet slecht, helemaal niet. Maar ze was toch liever bij gewone ouders geboren, ouders die zelf voor hun kind zorgen. Ze grinnikt. Misschien kan ze in dit leven maar best voor een extra goed karma zorgen zodat ze de volgende keer echte ouders krijgt. En het liefst ook een paar zussen en broers. Het kan hier behoorlijk saai zijn in huis, zo alleen.

***

'Vertel op', zegt Anna. 'Hoe was het bij Bram thuis? Nu heb ik al bijna twee weken moeten wachten om daar iets over te horen. Mijn geduld is op.' Ze zitten op Rani's bed, het pak toetsen dat Anna meebracht tussen hen in.

'Tja, wat moet ik vertellen? Het viel wel mee. Zijn moeder had lekker gekookt en...'

'Hoe wonen ze? In een appartement, een huis? Hebben ze Indiase spullen? Komaan, zeg! Ben je er eigenlijk wel geweest?'

Rani zucht, hier is geen ontsnappen aan. 'Ze wonen in een groot huis midden in de stad, een soort herenhuis met een diepe tuin.'

'Kwam je in Brams kamer? Hoe zag die eruit?'

Rani vertelt over de bijna lege ruimte, de foto's aan de muur, het uitzicht op de tuin, het Krishnabeeld. Ze beschrijft de salon met de Indiase meubelen, de deftige eetkamer met de hoge plafonds en de houten lambrisering. Het zilveren bestek, de zilveren schalen en kommen, de kristallen glazen, de porseleinen borden, het witte geborduurde tafelkleed.

'Mijn moeder was behoorlijk onder de indruk. Ze vindt dat ik beter geen contact meer heb met Bram. Ze vindt dat wij met onze eigen soort mensen moeten omgaan. Dat vond ze al voor we erheen gingen, stel je voor!'

'Onze eigen soort mensen? Wat bedoelt ze daarmee?'

'Dat weet ik ook niet precies. Minder rijk? Minder machtig? Ik weet trouwens helemaal niet of een ambassadeur een machtig iemand is.'

'Denkt je vader er ook zo over?'

'Dat weet ik niet. Ik had de indruk dat hij zich wel amuseerde die avond. Hij was een hele tijd met de vader van Bram in hun bibliotheek. Ik kon hen horen lachen tot in Brams kamer.'

'En jij? Heb jij je geamuseerd?'

'Ging wel.'

Anna kijkt haar onderzoekend aan, maar Rani geeft geen krimp. 'Kijk,' zegt ze, 'ik heb mijn fotoalbum weer eens tevoorschijn gehaald. Zin?' Even later zitten ze samen op bed in het album te bladeren. Anna heeft de foto's nog nooit gezien. Ze is behoorlijk onder de indruk van de eerste die in het kindertehuis werden genomen. Ze blijft lang kijken naar Rani op schoot bij haar nieuwe mama en papa. 'Wat ben je hier mager,' roept ze uit, 'kijk eens wat voor stokkenbeentjes.' Er zijn veel foto's van Rani's eerste jaar hier. Rani op de arm bij oma, Rani en tante Ria, oom Jos en hun twee zoontjes, Rani in de tuin… Anna moet lachen om de kleine Rani met bril. 'Zo gek,' giechelt ze, 'je ziet er net uit als een strenge lerares! Wat keek je toch altijd ernstig.'

'Hier draag ik hem al niet meer', wijst Rani. Op die foto zit ze voor een taart met vier kaarsjes, haar wangen bol. 'Hier kijk ik al niet meer scheel.'

Ze bladeren verder. 'Kijk, mijn eerste communiefoto! Ma wilde het heel klassiek met een lange witte jurk en een kroontje van witte bloemetjes.' Op de volgende foto heeft ze een kort roze jurkje aan en nog altijd dat rare kroontje op. Er staat een enorme taart voor haar. Zij doet alsof ze er met een groot mes een stuk uit snijdt. Ma staat schuin achter haar en houdt haar hand vast. Pa zit rechts van haar, dan oma. Links van haar een lege stoel, die van ma natuurlijk, daarnaast tante Ria en oom Jos. Haar twee neefjes zijn er ook. Je kunt merken dat er nog meer mensen aan tafel zitten, maar die konden niet meer op de foto. Haar adem stokt. Op de lege stoel lijkt opeens een slanke, donkere vrouw in sari te zitten. Bijna onmiddellijk vervaagt het beeld. Ze wil de vrouw opnieuw zien, kijken of ze op haar lijkt. Met gesloten ogen probeert ze het gezicht weer op te roepen. Het lukt niet.

'Hé, waar zit je met je gedachten?' vraagt Anna.

'Ik dacht net aan juf Sallie', liegt ze terwijl ze het album dichtklapt zonder zich iets van Anna's protest aan te trekken. 'Zijn er al inschrijvingen voor de cursus?'

'Dat zou jij moeten weten. We hebben toch jouw mailadres op de affiche gezet.'

'Da's waar, dat wordt dus niks. We zullen iets anders moeten verzinnen. Heb je er al met Lotte over gesproken? Misschien wil ze wel een affiche uithangen in haar judoclub.'

'Goed idee. We kunnen ook wat kopieën nemen en de winkels in de buurt aflopen. We raken er vast een paar kwijt.'

'Ja, en ik vraag pa of hij er een uithangt in de boekhandel. We kunnen er ook een afgeven in de bibliotheek.'

'En in het zwembad, daar is een prikbord.'

De deur zwaait open. Haar moeder komt binnen met een dienblad. Daarop twee dampende kopjes warme chocolademelk en dikke plakken cake. 'Wat een kabaal! En ik maar kloppen op de deur. Smakelijk. Ik ga even oma ophalen. Binnen een uurtje ben ik terug.' Zachtjes trekt ze de deur achter zich dicht.

'Is je oma beter?' vraagt Anna.

'Ja, maar ze kan nog niet alleen thuisblijven. Daarom komt ze een tijdje hier logeren.'

'Vind je dat fijn?'

'Mm ja.'

'Dat klinkt niet erg enthousiast.'

'Ik vind het fijn oma zo dichtbij te hebben, alleen ben ik bang dat mijn moeder daar extra zenuwachtig van wordt. Zij en oma schieten niet zo goed met elkaar op.'

'Dat is bij ons ook zo', zucht Anna. 'Ik weet niet wat mijn moeder bezielt, maar ze krijgt het altijd op haar heupen als mijn oma in de buurt is. Zouden alle dochters problemen hebben met hun moeders? Dat kan ik me toch moeilijk voorstellen. Hoewel...'

Ze kijken elkaar aan en schieten in de lach. Natuurlijk kan het best. Krijgen zij het ook niet op hun heupen als hun eigen moeders zich met alles moeien? En doen moeders dat niet de hele tijd?

'Moeders en dochters hebben ferme karma met elkaar', hikt Rani.

'Wat hebben ze?'

'Ferme karma.' Ze vertelt Anna wat haar moeder daarover zei.

Anna is helemaal weg van het idee dat je je ouders zelf zou kunnen kiezen. 'Daar schrijf ik een verhaal over voor mijn poppenkast', roept ze uit. 'Een zieltje wil geboren worden en gaat op zoek naar de allerliefste mama en papa die er bestaan. Zij komt in alle landen van de wereld en...' Anna begint meteen een boel poppen uit te tekenen. Als ze een uur later vertrekt, is Rani doodmoe. Nu voelt ze weer dat ze nog een beetje ziek is. Hopelijk vergeet Anna niet de affiches rond te dragen, daar is zijzelf nu echt nog niet toe in staat. Ze legt het fotoalbum in haar bureaulade, haalt er ma's dagboek uit en leest aantekening nummer drie.

Mijn kleine meisje,

Je bent hier nu een maand en je lijkt al helemaal aangepast. Alleen vind je ons eten niet lekker. Ik weet wat je te eten kreeg in het kindertehuis, maar ik kan toch niet elke dag rijst en linzen voor je koken met veel kruiden erin? Dat laatste is trouwens helemaal niet goed voor je. En schoenen wil je ook niet aan. Het is iedere keer weer een gevecht als we de straat op moeten. Ik trek ze aan, jij schopt ze uit. Gelukkig wil je je brilletje wel op. Dat komt waarschijnlijk omdat je pa er ook een draagt. Je bent gewoon gek op je vader. Je doet alles na wat hij doet. Ik moet toegeven dat ik daar wel een beetje jaloers op ben. Ik hoop dat we...

'Rani, oma is er. Kom je even goedendag zeggen?' roept haar moeder onder aan de trap. Ze bergt het dagboek weer op en loopt naar beneden.

***

Eindelijk, de brief van Bram! Ze neemt hem mee naar haar kamer. Wild scheurt ze de enveloppe open.

Hallo Rani,

Toen jullie weggingen, kreeg ik meteen een standje van jewelste van mijn vader. Hij vond dat ik mijn boekje ver te buiten was gegaan met mijn vragen aan je ouders. Te zien aan je stilzwijgen vond jij dat ook. Ik begrijp het wel een beetje. Ik probeer me in te beelden hoe het is om niet te weten wie je ouders zijn. Ik zou het verschrikkelijk vinden. Ik denk dat ik met alle geweld naar hen op zoek zou willen gaan. Al is het ook een beetje griezelig natuurlijk. Wie weet wat je ontdekt. Wie weet wat voor onsympathieke mensen het zijn. Al kan ik me dat in jouw geval niet voorstellen. Moeders en dochters lijken vaak op elkaar, zegt men. Het kan dus bijna niet anders of je ma is een dappere, vrolijke vrouw. Maar dan is er natuurlijk de vraag: waarom brengt een dappere, vrolijke vrouw haar baby naar een tehuis in plaats van er zelf voor te zorgen? Daar kan maar één antwoord op zijn: ze kon niet voor je zorgen. Misschien was ze er te arm voor of te ziek. In India komt het vaak voor dat arme mensen niet voor hun kinderen kunnen zorgen en ongehuwde moeders hebben het extra moeilijk.

Je hebt geen idee hoe arm mensen daar soms zijn. Op een dag nam oom Amrit me mee naar een van de sloppenwijken van Chennai. Ik werd niet goed van wat ik daar allemaal zag. Ik zal het nooit vergeten. We waren er heel vroeg naartoe getrokken. De mensen werden pas wakker. Sommigen woonden in barakken van karton en golfplaat, velen sliepen gewoon op straat. Hier en daar was er een kraantje met stromend water. Mensen wasten er hun gezicht, poetsten hun tanden. Anderen deden hun behoefte in de goot en maakten hun achterwerk proper met het vieze rioolwater. Sommigen staken hun hand naar ons uit om te bedelen.

Ik zag iemand liggen onder een stuk doek. Ook zijn gezicht was bedekt. Een jongetje sprong over hem alsof hij over een sloot sprong. 'Dat is een dode', zei oom

Amrit. 'Straks komt een dienst van de gemeente rond om de lijken op te halen.'
Hij leek dat heel gewoon te vinden. Toen hoorden we geroep en getier. Ik draaide
me om en zag enkele mannen een houten kar voortduwen. Daar lag een dode koe
op, zijn tong hing uit zijn muil, er kwamen darmen uit zijn aars. Ik werd mis-
selijk en gaf over. Een klein meisje met verwarde haren en een gescheurd jurkje
stond naar me te kijken. Toen ik weer rechtop ging staan, stak ze haar handje
naar me uit. 'Roepie', vroeg ze. 'Roepie, sir.' Ik had geen geld bij me en vroeg oom
Amrit om het meisje een paar roepies te geven, maar dat wilde hij niet. Hij vertelde me dat die kinderen door georganiseerde bendes op pad gestuurd werden om
te bedelen en dat ze 's avonds alles moesten afgeven. Als ze niet genoeg bij elkaar
gebedeld hadden, kregen ze niets te eten. Meestal kregen ze dan nog een pak slaag
ook. 'Als ik haar geld geef, dan houd ik dat systeem alleen maar in stand', zei
hij. Daar had hij een punt natuurlijk. Maar als iedereen zo reageert, krijgt dat
meisje wel iedere avond slaag en nooit te eten en dan gaat ze dood.

Ik weet het ook niet, hoor. Ik heb er heel lang over nagedacht wat er moet
gebeuren om die toestanden uit de wereld te helpen, maar kon geen oplossing
bedenken. Als ik in een sloppenwijk zou wonen en kinderen had, dan kan ik me
voorstellen dat ik ze naar een kindertehuis bracht. Daar krijgen ze tenminste
eten en geen slaag. Dat hoop ik althans. En sommigen onder hen krijgen nieuwe
ouders die goed voor hen zorgen, zoals jij. Misschien woonde je moeder wel in
zo'n sloppenwijk en kon ze het niet aanzien dat je hetzelfde lot zou kennen als
dat meisje over wie ik net schreef. Misschien bracht ze je daarom naar dat tehuis
en zou ze nu heel graag weten wat er van je geworden is. Ik wil je niets opdrin-
gen, maar als je ooit zou beslissen naar haar op zoek te gaan, dan wil ik je daar
zeker bij helpen. Dat ben ik je als broer verplicht.

Bram

Ma heeft al twee keer geroepen dat het eten klaar is. Rani heeft geen
trek. Allerlei gedachten buitelen over elkaar heen, de ene is nog niet
half gevormd of daar is al een volgende. Ze haalt een paar keer diep
adem. Nu vormt er zich één gedachte die alle andere bedekt als een
doorzichtige doek waaronder ze verder woelen. Leeft mijn moeder
eigenlijk nog wel, schreeuwt die gedachte. Leeft ze nog wel?
Hoe lang kun je zo'n leven volhouden? Hoe oud zou ze nu zijn? Ze
weet dat meisjes in India al heel vroeg uitgehuwelijkt worden, toch

zeker bij arme families. Maar haar mama was niet uitgehuwelijkt. Ze was ongehuwd toen ze haar, Rani, naar het tehuis bracht, zeiden de zusters. Misschien gaf haar mama haar daarom weg. Misschien verhuisde ze nadien naar een andere stad, waar niemand wist dat ze een kind had, zodat ze makkelijker een man kon vinden. Had ze eigenlijk wel ouders die een bruidsschat voor haar konden betalen? Misschien was ze wel een wees. Misschien... Wat een tumult weer in haar hoofd. Wie kan haar helpen al die vragen te beantwoorden? De zusters die haar mama gezien hebben? Zouden ze haar gevraagd hebben waarom ze haar kind bij hen achterliet?

'Raaaaaaniiiiiiii! Kom je nu?!'

'Jaaaaa!' brult ze en loopt naar beneden. Wat een gedoe ook altijd. Ze heeft wel andere dingen aan haar hoofd dan eten.

***

Met veel lawaai schuift Rani haar stoel naar achteren. Ze wil zo gauw mogelijk terug naar haar kamer, maar dat is buiten ma gerekend.

'Ik moet veel boodschappen doen', kondigt ze aan. 'Het duurt wel even voor ik terug ben. Houd jij oma gezelschap tot dan?'

'Niet nodig,' bromt oma, 'tenzij je daar zin in hebt natuurlijk.'

Ja, hallo. Wat kan ze daar nu op antwoorden? Daar heb ik helemaal geen zin in, houd jezelf maar bezig? Ze kijkt haar grootmoeder aan. Oma is niet meer de kranige, bijdehande oma van voordien. Sinds haar beroerte lijkt ze erg somber. Toch kan ze iedere dag meer. De fysiotherapeut is tevreden over haar vorderingen en praten gaat weer vlot. Alleen als ze moe is, stottert ze een beetje, maar dat is niets in vergelijking met hoe het in het begin was.

'Misschien kun je oma je fotoboek tonen', stelt pa voor terwijl hij de deur uitloopt. 'Het is lang geleden dat ze dat nog zag.'

Goed idee, denkt Rani. Het lijkt haar leuk om de foto's nog eens te bekijken met iemand die wat commentaar kan geven. 'Heb je daar zin in, oma?'

'Ja, ja, doe maar.' Het klinkt niet bepaald enthousiast, maar ja, oma lijkt over niets enthousiast de laatste tijd, dus haalt ze het album toch maar. Ze wacht tot ook haar moeder de deur uit is en gaat dan naast oma aan tafel zitten. Oma zet haar leesbril op. Hij glijdt van haar neus alsof haar hoofd gekrompen is. Haar kortgeknipte haren zijn in die paar weken spierwit geworden.

'Een scheel scharminkeltje was je, hé, Rani', grinnikt ze. Ze legt even haar hand op Rani's arm om duidelijk te maken dat ze het niet slecht bedoelt.

'Dat mag je wel zeggen. Ik snap niet waarom ma en pa me meenamen, er waren daar zoveel leukere kinderen.'

'Ach, toen de foto kwam, waren ze zo blij dat ze niet eens merkten dat je een beetje scheel keek', antwoordt oma. 'Voor hen was jij meteen hun kindje en je kent de uitdrukking: mijn kind, schoon kind.'

'Jij zag het wel, hé?'

'Natuurlijk, je moest wel blind zijn om het niet te zien.'

Ha, oma is toch nog de oma van vroeger: recht voor de raap. Zo heeft Rani het graag, dan weet ze tenminste dat ze de waarheid hoort.

'Oma, denk je dat mijn echte moeder nog leeft?' Het komt er plompverloren uit.

'Ik hoop van wel, want jij zou haar graag terugvinden, niet?'

'Heeft pa het je verteld?'

'Nee, je ma. Ze was zo zenuwachtig de eerste dag dat ik hier was! Dat kon niet alleen door mij komen. En jij was al aan de beterhand, dus daar hoefde ze zich geen zorgen meer om te maken. Toen ik haar vroeg wat er scheelde, begon ze te huilen. Weet je wat ze zei? "Rani wil bij ons weg", zei ze. Typisch je moeder, alles meteen dramatiseren!'

Wat zegt oma nu? Wat zei ma? Denkt ze echt…

'Trek je er niets van aan, meisje. Je moeder overdrijft altijd. Maar het is voor haar natuurlijk wel een beetje eng. Als je je eigen mama terugvindt en jullie kunnen goed met elkaar opschieten, dan wil je misschien wel een tijdje bij haar blijven. Of zelfs voor altijd. En dan hebben je ouders een probleem. Zij niet alleen trouwens', voegt ze eraan toe. 'Ik zou je ook niet graag missen.' Ze draait een blad van het fotoboek om. 'Maar zover zijn we nog niet', zegt ze. 'Nu zitten we hier gezellig samen je foto's te bekijken. Dat is de realiteit en die bevalt me uitstekend.' Het klinkt alsof ze zichzelf tot de orde roept.

***

Diezelfde avond leest Rani haar moeders dagboek helemaal uit. Ze vindt het heerlijk om te lezen hoeveel kattenkwaad ze vroeger uithaalde. Ma en pa hadden het niet bepaald gemakkelijk met haar. Een boel andere teksten vindt ze gewoon saai. Ze wil er maar enkele bewaren om later eens te herlezen. Ook die kopieert ze. Ze komen samen met de eerste aantekeningen en de brief van ma in het fotoalbum te zitten. Dat mag ze immers houden.

Bij foto zeventien:

Het was een heerlijke dag. Natuurlijk was je de mooiste van allen, met je chocoladehuid, je twee schattige vlechtjes, je karbonkels van ogen. Ik twijfelde nog even of ik niet gewoon levende bloemen in je haar zou steken, zoals ze dat in je geboorteland doen, maar koos toch voor het klassieke stoffen kroontje. Over de lange witte jurk twijfelde ik niet. Je was zowat de enige die zo gekleed ging, maar daar trok ik me niets van aan. Zelfs je grootmoeder vond het overdreven, maar ik wilde dat je dezelfde soort jurk zou dragen als ik, toen ik mijn eerste communie deed. Je hebt nu eenmaal een erg traditionele moeder. Je vader vond het allemaal goed. Hij was zo trots op je! En met reden.

Jij voelde je duidelijk op je gemak in die lange jurk. Je liep heel elegant de trappen van de kerk op, met in je ene hand je missaal terwijl je met de andere je jurk omhooghield. Even kreeg ik een beeld van je in sari. Daar zal je later prachtig mee staan.

We hebben lang getwijfeld of we je wel je eerste communie zouden laten doen. Je komt uit een heel andere cultuur, met andere normen en waarden en een andere levensopvatting. Maar ach, je bent gedoopt en later kun je zelf kiezen of je ook je plechtige communie doet.

Weet je welke tweede voornaam de zusters je gaven? Elisabeth! Ze konden het niet laten om ook je naam te 'kerstenen'. Elisabeth! Het past helemaal niet bij je.

Bij foto drieëndertig:

Elf kaarsjes al om uit te blazen. Je wordt groot. Wat zie je er goed uit! Zo gezond, zo levendig, zo vrolijk. En je hebt zoveel vriendinnetjes. Anna, je hartsvriendin;

Vera, Carole, Laura, Eline, Zoë. *Er staan ook twee jongens op de foto, maar in hen leek je niet erg geïnteresseerd. Dat komt nog wel! Ik ben trots op jou en ook op je vader en op mezelf. Dat hebben we goed gedaan samen. Ik ben wel een beetje bang voor de toekomst. Ik hoop maar dat je nog heel lang bij ons blijft. We zijn zo blij met die flinke dochter van ons.*

De allerlaatste aantekening hoort bij de foto's van het optreden.

Het was dus toch een goed idee om je aan te moedigen die stage te volgen. Ik schrok ervan hoe Indiaas je eruitziet in je danssari. En hoeveel beter je danst dan de andere meisjes. Het zit je blijkbaar in het bloed. Er is zoveel in je dat wacht op een gelegenheid om zich te uiten. Het doet me verdriet dat ik daar niets van weet. Dat ik niets weet van je eerste levensmaanden. Niets over het milieu waarin je die doorbracht. Als je veertien wordt, gaan we met je naar Chennai om een en ander uit te zoeken. Dat hebben pa en ik ons voorgenomen op het moment dat we je daar gingen halen. Toen leek het een eeuwigheid voor het zover zou zijn, maar het is volgend jaar al. Ik zie ernaar uit en ben er tegelijk bang voor. Al goed dat je vader er is. Een echte rots in de branding is dat.

***

'Dat moet gevierd', knikt pa als ze hem vertellen dat ze volgende maandag weer naar school mag. 'We gaan zondag een dagje naar zee, wat denken jullie daarvan?'

'Ik weet niet,' weifelt ma met een blik op oma, 'een hele dag is misschien wat lang.'

Oma lijkt wel door een wesp gestoken. 'Hé, ik ben oud en wijs genoeg om een dagje alleen te zijn, hoor!' stuift ze op. 'Volgende week wil ik trouwens naar huis, ik heb jullie lang genoeg op de zenuwen gewerkt.' Ze knipoogt naar Rani. Die weet ook wat er nu zal volgen: ma zal een hele tirade afsteken om oma ervan te overtuigen dat ze helemaal niet tot last is, integendeel...

'Ma, hoe kun je dat nu toch zeggen! We vinden het juist fijn dat je hier bent...' Ma stopt abrupt als oma en Rani in de lach schieten en zelfs pa begint te grinniken.

'Ach, is het weer zover? Spannen jullie weer samen tegen me? Mij niet gelaten!' Driftig loopt ma de eetkamer uit. Rani ziet nog net dat ze warempel tranen in haar ogen heeft. Pa heeft het ook gezien. Hij wacht eventjes en gaat haar dan achterna.

Huilt ma om dat plagerijtje? Dat kan toch niet!

'Je moeder heeft het een beetje moeilijk en ik denk dat jij daar wat aan kunt doen, Rani', zegt oma.

'Ik? Hoezo?'

'Ze vertelde me dat je haar aantekeningen bij je fotoalbum nu al een week op je kamer hebt en er nog altijd niets over gezegd hebt. Ik denk dat ze bang is dat je haar ontboezemingen belachelijk vindt.'

'O.'

'Ik vind het eerlijk gezegd nogal dapper van haar dat ze je die aantekeningen liet lezen. Haar kennende zal ze haar meest intieme gedachten hebben neergepend. Je stelt je erg kwetsbaar op als je die dan aan iemand laat lezen. Zeker als die iemand een tienerdochter is die regelmatig ongezouten kritiek op je levert.'

Zo had Rani het nog niet bekeken. Ze vindt het wel moeilijk om tegen haar moeder iets over dat dagboek te zeggen. Raar, het is net of ze zich een beetje schaamt over wat ze gelezen heeft. Ze vertelt oma wat haar allemaal door het hoofd schiet. Bij oma kan dat.

'Natuurlijk is het moeilijk. Maar moeilijk gaat ook.' Een typische uitdrukking van oma. Je staat ervoor, je moet erdoor is er nog zo een.

'Je staat er nu voor, dus moet je erdoor', wijst oma haar terecht.

Daar heb je het al! Rani grinnikt bij zichzelf.

'Wat?' vraagt oma

'Niets, oma, niets. Of ja, toch! Ik schrijf ma een brief om haar te vertellen wat ik van haar dagboek vind.' Ze raakt helemaal opgewonden van het idee. 'Ja, dat doe ik. Zij heeft me ook al die dingen laten lezen in plaats van er me over te vertellen. En misschien kan mijn brief dan in haar dagboek worden geplakt als een soort einde. Wat vind je daarvan?'

'Perfect. Maak nu maar dat je wegkomt. Ik ga zelf eventjes de tuin in. Dat maakt het makkelijker voor je moeder om de keuken weer uit te komen. Tot vanavond!'

Een schat, die oma, denkt Rani terwijl ze de trap oploopt naar haar kamer. Hard en zacht tegelijk. Wat een geluk dat ze net nu hier in huis is.

**

Hoe moet ze nu beginnen? Hoi ma? Lieve mama? Dag ma? Ja, dat lijkt haar het beste.

Dag ma, schrijft ze.

Ik heb je aantekeningen gelezen. Knap dat je al die jaren een dagboek bijhield.

Wat nu? Ze bladert het dikke schoolschrift nog eens door. Moet ze nu bij elke aantekening commentaar geven? Ze loopt naar het raam en ziet oma langzaam door de tuin lopen. Een bende mussen vliegt de haag uit. Er zijn er ieder jaar meer. En een kabaal dat ze maken! In de lente zijn ze al van vijf uur aan het kwetteren dat het een lieve lust is. Rani vervloekt ze soms als ze weer eens onbetamelijk vroeg wakker wordt van al dat getjilp.

Ze gaat opnieuw aan haar bureau zitten en bladert door het fotoboek. Eén foto treft haar steeds opnieuw. Ma en zijzelf staan voor een grote vijver op ongeveer een halve meter van elkaar vandaan. Ze is nog klein op die foto – vier, vijf jaar misschien – en kijkt lachend naar ma op. Ma lacht ook naar haar. Haar lach is zo teder dat Rani er iedere keer weer tranen van in haar ogen krijgt. Meer dan welke tekst uit het dagboek toont deze foto hoeveel ma van haar houdt. Hoe bijzonder, denkt ze. Want eigenlijk is ze een vreemd kind voor ma. Een kind dat niet uit haar buik komt. Een kind van wie ze niet eens de beginmaanden kent, zoals ze zelf schrijft in haar laatste aantekening. En toch houdt ma van haar zoals een echte moeder van haar kind houdt, dat zie je zo. Ze begint te schrijven.

Er is één foto in het album die ik heel mooi vind. Nummer negen. Daarop kijk je zo lief naar me dat ik er bijna van moet huilen. Je vroeg me laatst of ik wist dat je van me houdt. Ja, dat weet ik. En als ik het ooit zou vergeten, dan hoef ik maar naar die foto te kijken en dan weet ik het weer. Het is waar dat ik soms tegendraads ben, maar eigenlijk ben ik erg blij met jou en met pa. Ik ben zo blij dat jullie me gewild hebben. Ik zag er niet erg mooi uit hé, toen jullie me gingen halen. En toch hebben jullie niet gevraagd om een ander kind.

Pa zal je wel hebben verteld dat ik erg graag mijn echte mama zou terugvinden. Ik hoop dat je dat begrijpt. Ik wil zelf ook graag weten wat er die eerste maanden met me gebeurd is. En ook wat er daarvoor gebeurd is. Wie mijn papa is. Waarom hij niet met mijn mama getrouwd is. Wanneer is hij van haar weggegaan? Toen ik in haar buik aan het groeien was? Of voor hij wist dat ik eraan kwam? Of nadat ik geboren ben? En hoe was dat dan voor mijn mama? En natuurlijk wil ik vooral weten waarom ze me aan de zusters gaf. Ik hoop dat ik haar kan vinden en dat ze me dat allemaal vertelt. Maar je hoeft niet bang te zijn. Al is ze lief en wil ze me terug, ik blijf bij jullie. Dat beloof ik.

Het staat er in één keer op. Ze leest het nog eens op het scherm na voor ze de tekst uitprint. Ja, dat is goed. Dat is helemaal goed. Alleen bij de laatste zinnen voelt ze zich wat ongemakkelijk maar die moeten erbij, anders blijft ma zich zorgen maken en daar wordt niemand beter van. Rani drukt haar brief af in twee exemplaren: een voor ma en een voor zichzelf. Ze ondertekent het exemplaar voor ma en tekent er drie kruisjes bij. Dan stopt ze hem in een enveloppe en schuift die onder de slaapkamerdeur van haar ouders.

De volgende morgen ligt er een kaartje onder haar deur geschoven. Een kaartje vol zonnebloemen. 'Bedankt Rani, Ma.'

***

Ze hebben geluk: het is zonnig vandaag en er waait een zachte bries. Perfect wandelweer.

Ze zijn vroeg vertrokken en hebben een flinke wandeling gemaakt door de dennenbossen. Nu steken ze de baan over en stappen langs het duinpad naar de zee. Ma is vrolijk en tatert de hele weg.

'En nu eerst een hapje eten in het strandhuis', zegt pa. 'Ik verga stilaan van de honger.'

'Je bent niet de enige', valt Rani hem bij.

Op het terras zoeken ze een tafeltje uit achter het windscherm. Het is nog geen middag en er is weinig volk. Een man met een herdershond die braaf onder de tafel van zijn baasje ligt. Een ouder koppel met twee glazen bier voor zich. Dat is het. De menukaart is niet erg uitgebreid en de keuze is gauw gemaakt. Ma neemt een uitsmijter, pa een spaghetti, Rani kiest een tosti. Een stugge dienster noteert de bestelling. 'En om te drinken?' snauwt ze. Even later brengt ze een biertje, een watertje en een vruchtensap.

'À propos, hoe zit het met de inschrijvingen voor de danscursus?' vraagt pa. 'Gisteren vroeg een van mijn klanten nog om informatie. Doet Anna ook mee?'

'Nee, Bharata Natyam ligt haar niet zo en ze volgt al een poppenkastcursus.'

'Jammer voor je', zegt ma. 'Wanneer zouden de lessen ook alweer starten?'

'Volgende week donderdag. Tenminste, als er genoeg inschrijvingen zijn. Er zijn nog maar zeven kandidaten en ik weet niet eens of die mensen al het cursusgeld op de rekening van juf Sallie gestort hebben.'

'Oh, maar dat hebben wij ook nog niet!' schrikt ma. 'Doe ik morgen. Dat zijn er dan al acht. Het lukt vast. Waar gaat het door?'

'Anna reserveerde de ruimte naast het jeugdhuis.'

'Dat is een eind bij ons vandaan. Ik breng je wel met de wagen.'

'Ik kan toch gewoon met de fiets!'

'Nee Rani, dat wil ik niet. Zeker niet in de winter. Binnenkort wordt het al vroeg donker.'

Rani zucht. Ze weet dat het geen zin heeft te proberen haar moeder op andere gedachten te brengen. De dienster brengt hun bestelling. Er komen meer mensen het terras op. De herdershond springt overeind en gromt vervaarlijk naar een Jack Russellterriër die prompt begint te keffen. De dienster loopt mopperend tussen beide honden door en werpt een boze blik naar de baasjes. Mm, de tosti is lekker. Er zit flink wat kaas tussen.

'Geen minuut te vroeg', verzucht pa. 'Tussen haakjes, wanneer inviteren we Rani's broertje en zijn ouders eens?' vraagt hij als hij zijn spaghetti naar binnen gewerkt heeft. 'Wordt dat niet stilaan tijd?' Hij kijkt ma vragend aan.

'Ik weet niet. Zouden we dat wel doen?'

'Natuurlijk doen we dat. Ik vind Brams ouders best sympathiek. Jij niet?'

'Ja, jawel, alleen…'

'Alleen wat? Zeg me nu niet dat je ons te min vindt voor hen.

Het is niet omdat ze in een groot herenhuis wonen... Dat huren ze trouwens gewoon.' Pa klinkt warempel echt kwaad, terwijl ma nauwelijks iets gezegd heeft. Maar dat hoeft natuurlijk niet eens. Rani kan ook wel raden welke smoesjes ze bedacht zou hebben om Bram en zijn ouders niet te hoeven uitnodigen. Heimelijk geniet ze ervan dat pa ma eens op de vingers tikt. Dat truttige gedoe altijd! De uitdrukking op pa's gezicht wordt zachter. 'Geen valse bescheidenheid, lieverd. Jij kookt minstens even goed als Karen en je bent een prima gastvrouw. Met zijn drietjes zijn we echt wel aan hen gewaagd!' Hij legt een arm om ma's schouders. 'Kom op, we doen het', zegt hij vastberaden. 'Wat denk je van ergens tijdens de herfstvakantie? Dat is binnen een maand.'

'Oké', knikt ma stilletjes.

Pa geeft haar een zoentje op de wang. 'Zullen we dan maar?' vraagt hij.

Terwijl hij gaat afrekenen, loopt Rani samen met ma nog even naar het toilet. Ik moet dringend antwoorden op Brams brief, denkt ze terwijl ze op de pot zit, dat wordt nu toch wel hoog tijd. Tijdens de rest van de wandeling piekert ze over wat ze hem moet schrijven.

* * *

Hoi Bram,

Sorry dat ik pas nu schrijf, maar ik ben een beetje ziek geweest. Drie weken huisarrest! Morgen ga ik weer naar school.

Ik ben helemaal niet kwaad op je. Alleen beschaamd dat ik je niet eerlijk over mijn echte moeder verteld heb. Echte moeder, rare uitdrukking, niet? Is een moeder die haar kind afstaat echt en de moeder die dat kind adopteert en ervoor zorgt onecht? Ze zijn beiden echt natuurlijk. Al lijkt mijn moeder van hier echter. Misschien is mijn Indiase moeder allang dood. Als je moet leven zoals jij dat in je brief beschrijft, dan word je vast niet oud. Ik hoop natuurlijk dat ze nog leeft, want ik wil heel graag weten waarom ze me afstond. Dat ze te arm of te ziek was, is geen reden, vind ik. Ik voel me behoorlijk kwaad op haar. Was ik dan zo'n lastpak?

Ik voelde me rot na die avond bij jou thuis en ik vertelde pa dat ik op zoek wil naar mijn Indiase moeder. Dat had ik nog nooit durven zeggen. Hij had wel gedacht dat ik dat ooit zou willen, zei hij, en gaf me het fotoboek dat ma al die jaren voor me bijhield. Er staan te gekke foto's in van mij als baby. Volgens mijn oma was ik een scheel scharminkeltje en dat is waar. Niet verklappen, maar ma en pa willen jullie uitnodigen ergens in de herfstvakantie, dan laat ik je het album zien. Ma heeft heel wat aantekeningen bij die foto's gemaakt in een soort dagboek. Dat dagboek kreeg ik nu voor het eerst te lezen. Best pakkend, hoor. Soms moest ik een beetje huilen om wat ze schreef. Ik heb het toch wel getroffen met deze ouders, vind ik, al werkt ma me soms danig op de zenuwen. Ik heb ook een heel toffe oma. Ik hoop dat je haar binnenkort leert kennen. Ze woont nu een tijdje bij ons in tot ze helemaal hersteld is van haar beroerte. Ik denk wel dat ze in de herfstvakantie al weer naar huis is.

Hoe gaat het met jou? Ben je al begonnen met je vechtsport? En vond je een leraar voor je trom? Ik vergeet altijd de naam van die trom. Van die vechtsport ook trouwens. Ik vind het al heel wat dat ik Bharata Natyam foutloos kan uit-spreken en schrijven! Als er genoeg inschrijvingen zijn, start juf Sallie donderdag met de danslessen. Ik ben benieuwd.

Dat is het zo'n beetje. Zullen we vanaf nu maar gewoon mailen naar elkaar of sms'en? Jammer dat je niet wilt chatten, dat is nog leuker. Doe je je ouders de groeten van me? Ik vind hen wel tof.

Daaaaaag,

Rani

Oef, ook opgelost. Geen problemen meer tussen haar en haar rakhi-broer. Hé, zou ze eigenlijk broers of zussen hebben in India? Dat ze daar nog niet aan gedacht heeft! Vast wel. Indiase vrouwen krijgen meestal veel kinderen. Ze beschouwen dat als een soort investering voor de toekomst, las ze ergens, zeker als ze zonen krijgen want die blijven bij hen wonen als ze trouwen en ze zorgen voor hen als ze oud worden. Wanneer zou ze op zoek kunnen? In de grote vakantie? In mei wordt ze veertien. En schreef ma niet dat ze naar Chennai zouden gaan als ze veertien werd?

Het lot van de tempeldanseressen

Auto's, fietsers, brommers slalommen door elkaar. Kinderen schreeuwen naar vriendjes. Fietsbellen rinkelen. Het voelt alsof ze uit de woestijn in een grootstad gedropt werd. Wat drie weken eenzame opsluiting al niet met je doen! Nu ja, eenzame opsluiting. Zo erg was het ook weer niet.

Leuk om haar klasgenootjes weer te zien. Carole nodigt haar al meteen uit op haar verjaardagsfeestje zaterdag. Het eerste uur hebben ze Nederlands. 'Je bent net op tijd terug, Rani', groet de lerares haar. 'Vandaag loten we om te weten in welke volgorde jullie je spreekbeurt geven. Heb jij al een onderwerp?'

Ze knikt. Anna heeft haar op de hoogte gebracht. Lang hoefde ze er niet over na te denken: ze zal het over Bharata Natyam hebben natuurlijk. Dat zal iedereen wel heel bijzonder vinden. De lerares houdt hun een mandje voor vol kleine dichtgevouwen papiertjes. Twaalf december staat er op dat van Rani. Oef, ze heeft nog even de tijd.

Als ze na school thuiskomt, loopt ze meteen naar haar kamer. Zoveel te doen! Eerst even kijken of er mailtjes zijn. Ja! Eentje. Nog een inschrijving voor de cursus. Vlug stuurt Rani het mailtje door naar juf Sallie.

Tien minuten later krijgt ze antwoord: 'Bedankt, Rani. De cursus gaat door.'

Hip hoi! Gauw Anna verwittigen dat ze de zaal definitief mag vastleggen. Meteen probeert Rani een paar adavoes uit en stoot zich aan haar bed. Auw! Dat doet pijn. Ze heeft veel te weinig plaats hier. Eigenlijk zou ze een meubel moeten hebben zoals Bram: opklapbed en kleerkast tegelijk. Ze loopt weer naar beneden.

'Ma,' roept ze terwijl ze de deur van de salon openzwaait, 'ma, waar ben je?'

'In de keuken, waar dacht je', bromt oma.

'Ma, ik wil graag een nieuwe kleerkast met een opklapbed in mijn kamer', ratelt ze terwijl ze de keuken binnenstormt. 'En ik wil ook nieuw behangpapier en andere gordijnen en een leuke hoes voor mijn donsdeken. Ik ben die kindermotieven beu.'

'Wat krijgen we nu opeens!' roept ma verrast uit.

'Je dochter wordt groot', lacht oma. 'Wedden dat ze een vriendje heeft? Dan moet je kamer natuurlijk een beetje allure hebben als je indruk op hem wilt maken.'

'Oma!' Ze geeft oma een duw tegen de schouder. Zachtjes natuurlijk.

'Hela, een beetje voorzichtig met je oude oma, ik moet nog een hele tijd mee hoor!'

Liefst, denkt Rani. Ze wil oma nog niet kwijt. Nog lang niet.

Dezelfde avond vertelt ma aan pa wat Rani wil. Pa vindt dat ze er dan maar meteen werk van moeten maken. 'Gaan jullie maar alvast het behangpapier uitkiezen,' zegt hij, 'dan kan ik zondag samen met Rani behangen. Langer dan een dag zijn we daar niet mee bezig.' Ma belooft nieuwe gordijnen en een nieuw bedovertrek te maken. Een kleerkast met opklapbed krijgt Rani voorlopig niet.

* * *

Tevreden kijkt pa haar kamer rond. 'Goed gedaan, al zeg ik het zelf! Kom, we schuiven de meubels weer op hun plaats.'

Rani wil haar bed en kleerkast naast elkaar tegen een wand. Aan de overkant komt haar bureau. Daar wil ze graag nog een boekenkast naast, zegt ze. Pa zucht diep. 'Jij wordt me een dure vogel, zeg! Gelukkig heb ik nog een rek over dat ik in de boekhandel niet kwijt kan. Ik breng het morgenavond voor je mee. En nu ga ik koffiedrinken. Kom je ook?'

Rani blijft liever nog even op haar kamer. Ze trekt de nieuwe gordijnen dicht en weer open, strijkt het overtrek glad. Beide zijn diepblauw met zwarte cirkels erop. 'Zo donker!' had ma tegengepruttel, maar ze kon Rani niet op andere gedachten brengen. Maar goed ook: de stof komt mooi uit bij het zachtgele wandpapier. Op haar bureau legt ze alles wat ze straks in het boekenrek wil. Ze krijgt het niet vol, zoveel boeken heeft ze niet.

'Mijn meisje is een doemeisje, geen leesmeisje', lacht pa altijd als iemand hem vraagt of zijn dochter veel leest. Uit de manier waarop hij dat zegt, kan Rani nooit opmaken of hij dat jammer vindt of er juist trots op is. Zelf is ze er trots op, zeker weten. Hoewel... Sinds ze Bram leerde kennen, is ze al wat meer in lezen geïnteresseerd geraakt. Gisteren ging ze voor het eerst in maanden naar de bibliotheek op zoek naar boeken over Bharata Natyam. Niets. Ze kwam wel thuis met een reisgids over het zuiden van India. Er staan meer dan twintig bladzijden in over Chennai en een boel foto's. Ze was verbaasd te zien hoeveel kerken er daar zijn. Maar over het katholieke kindertehuis waar haar moeder haar naartoe bracht, kon ze niets vinden. Over sloppenwijken ook niet. Nogal wiedes! Welke toerist wil daar nu naartoe?

Ze haalt haar kleren die op het bed van haar ouders liggen en begint ze op te bergen. Een hele klus. Ma had beloofd haar te helpen maar ze is nergens te bekennen. Een beltoon meldt haar dat er een mail is binnengekomen. Een berichtje van Bram. Leuk.

Hallo Rani,

Ik heb drie lessen kalaripayat achter de rug. Het is even wennen aan de westerse manier van lesgeven en veel bijgeleerd heb ik nog niet. Is de danscursus gestart? Waren er genoeg inschrijvingen?

Helaas geen mridangaleraar te vinden hier. Ik zal geduld moeten oefenen tot volgende zomer.

Tot binnenkort.

Bram

Gauw even antwoorden:

Hoi Bram,

Ja, de danscursus is gestart. Juf Sallie moet natuurlijk weer van vooraf aan beginnen. Vervelend!

Tot over een week. Ik kijk ernaar uit je terug te zien. Het lijkt al jaren geleden!

Groetjes,

Rani

Het lijkt echt al jaren geleden. Ze probeert zich zijn gezicht voor de geest te halen, de scherpe neus, de krachtige wenkbrauwen iets donkerder dan het stroblonde steile haar, de blauwe ogen, de mond die zich zo zelden tot een glimlach plooit. Maar als hij glimlacht, dan, ja dan…

Met een ruk schuift ze haar stoel achteruit, loopt naar de badkamer, bekijkt haar spiegelbeeld. Wat ze ziet, bevalt haar. Ze glimlacht. Niet zo charmant als hij… Hoewel.

**

'Waarover wil je het precies hebben?' vraagt juf Sallie. 'Bharata Natyam is een heel ruim onderwerp!'

Daar heeft ze eerlijk gezegd nog niet over nagedacht. Ze weet wel hoe ze wil beginnen. Ze wil graag iets vertellen over de opleiding van een Indiaas meisje. Dat een priester in haar horoscoop leest wanneer ze het best kan beginnen en bij welke leraar. En dat ze dan met haar ouders op bezoek gaat bij die leraar en geschenken voor hem meeneemt. En dan zou ze vertellen wat zo'n meisje allemaal leert. Dat heeft ze al opgezocht op het net.

'Hoe lang zei je dat die spreekbeurt moet duren?'

'Twintig minuten.'

'Dat is lang!'

Vindt Rani ook. Vorige week kwam Pieter als eerste aan de beurt. 'Op vakantie in Italië' was de titel. Hij kreeg met moeite tien minuten vol. De lerares was niet tevreden en niet alleen omdat hij zich er te rap van af had gemaakt. 'Ik had meer informatie verwacht over de streek waar je verbleef', zei ze achteraf. 'Ik vind het niet bijzonder interessant te vernemen hoe je hotel eruitzag en je amoureuze avonturen aan het zwembad interesseren me ook al niet.' Gegiechel alom. Pieter zag haar kritiek duidelijk als een compliment. Hij stak zijn duim omhoog en knipoogde naar Linda. Die kreeg meteen een kop als een tomaat. Iedereen weet dat zij op Pieter is. Ze vond het vast niet leuk om te horen dat heel wat meisjes op hem verliefd waren tijdens die vakantie in Italië. Pieter moet nu een nieuwe spreekbeurt maken. 'En deze keer over Italië, loverboy', zei de juf. Toen kreeg Pieter ook een rode kop.

'Rani, luister je wel?'

'Eh, nee, sorry, juf.'

'Begin november geef ik een voordracht over de geschiedenis van de tempeldansen', herhaalt juf Sallie een beetje wrevelig.

'Waar dan, juf?'

'In een yogacentrum in Brussel. Als je er meer over wilt weten, moet je maar eens op mijn website kijken.' De juf staat bij de uitgang van de zaal. Alle anderen zijn al weg. 'Maak een beetje voort, Rani. Straks mis ik mijn trein nog!'

Snel stopt Rani haar oefenkleren in haar rugzak en loopt de deur uit. Juf Sallie doet hem op slot. 'Niet vergeten dat er tijdens de herfstvakantie geen les is', waarschuwt ze terwijl ze samen de trap naar de benedenverdieping aflopen. 'Tot binnen veertien dagen.' En weg is ze.

Dat ze graag naar die voordracht wil, deelt Rani haar ouders die avond mee. Dat het absoluut moet, hoe kan ze anders die spreekbeurt voorbereiden? Pa belooft het in overweging te nemen. Komt voor elkaar, denkt Rani. Als pa iets niet pertinent weigert, doet hij het. Meestal toch. Tevreden loopt ze naar haar kamer. Het wordt een pracht van een spreekbeurt. Geen vakantie in Italië of Griekenland of Spanje. Iets helemaal anders.

***

'Mooie kleuren!' Bram kijkt bewonderend haar kamer rond. Hij loopt naar haar boekenkast. Op de twee bovenste planken staan een tiental boeken en een hele reeks cd's. Over de onderste planken heeft Rani een donkerrode sari gedrapeerd, zo let niemand erop dat die leeg zijn. Een felgekleurd Krishnabeeldje van klei houdt de sari op zijn plaats. Aan Krishna's voeten ligt een namaakbloemenkrans van oranje crêpepapier en aan weerszijden staat een koperen potje met een theelichtje in. Rani zet het Ganeshabeeldje dat ze net van Bram cadeau kreeg erbij en steekt een wierookstokje in zijn kruin. Komiek gezicht, Ganesha als wierookhouder!

Ze ziet hoe Bram een voor een de titels leest. Hij neemt geen enkel boek in de hand. Ook haar muziek lijkt hem niet te interesseren. Ze voelt zich onzeker. Geen onbekend gevoel als ze bij hem is.

'Het is hier wel wat klein', klaagt ze. 'Ik heb niet eens genoeg plaats om de adavoes te oefenen.'

'Waar doe je dat dan?'

'In de bijkeuken. Nu oma's bed er niet meer staat, is daar weer ruimte genoeg.'

'Is je oma weer naar huis?'

'Ja, al twee weken. Maar ik heb mijn ouders gevraagd om haar vanavond uit te nodigen. Ik wil echt dat je haar leert kennen. Ze is bijzonder.'

'Ah, waarom dan?'

'Ze is een beetje, hoe zeg je dat, een beetje excentriek. Niet dat ze zich raar kleedt of zo, maar ze heeft wel speciale ideeën. En ze zegt de dingen ook precies zoals die in haar opkomen.'

'Je mag je oma wel graag, hé?'

'Heel graag.'

'Zou je op haar willen lijken?'

'Eigenlijk wel. Het moet heerlijk zijn om alles te durven zeggen wat in je opkomt.'

'Mm', mommelt hij. Hij lijkt het niet helemaal met haar eens.

'Daar is ze', roept Rani als de deurbel gaat. 'Kom mee, dan stel ik je aan haar voor.'

Ze wil gauw naar beneden. Vanmorgen was ze zo opgewonden bij het vooruitzicht Bram te zien en nu hij hier is, voelt ze zich hoe langer hoe onwenniger.

'Wacht nog even. Ze moet haar jas nog uitdoen. Ze roepen ons wel als het zover is.'

Hij heeft natuurlijk gelijk. Wat moet ze nu? Voorstellen om een spelletje te spelen op haar computer? Zal hij wel kinderachtig vinden.

'Weet je dat juf Sallie morgenavond een voordracht geeft in Brussel?' vraagt ze terwijl ze de website van juf Sallie aanklikt. 'Kijk, hier staat het. Weet jij waar dat yogacentrum is?'

'Ja natuurlijk, dat is niet ver bij ons vandaan. Mijn moeder moet er begin volgend jaar ook een voordracht geven.'

Die Bram weet ook alles. En zijn moeder is vast heel geleerd. Wat was ze ook alweer van beroep? 'Kunsthistorica', antwoordt Bram als ze hem ernaar vraagt.

Wat zou een kunsthistorica eigenlijk precies doen? Waar zou haar voordracht over gaan? Ze vraagt het hem.

'Dat weet ik niet precies. Kun je haar straks zelf vragen.'

Dat dacht je, denkt ze. Als ik daarover begin, krijgt ma weer een kanjer van een minderwaardigheidsgevoel. Nogal wiedes: ook zij voelt zichzelf weer stilaan een lilliputter tegenover Bram.

'Kom', zegt ze. 'Laten we naar beneden gaan. Wedden dat ze al een eerste aperitiefje genomen hebben?'

***

'Ha, daar hebben we onze blonde Indiër', grapt oma als Rani samen met Bram de salon binnenkomt. 'Als ik het goed begrepen heb, ben ik via Rani ook een beetje jouw oma geworden!'

Bram kijkt haar vragend aan.

'Zijn jullie niet broer en zus?'

'Oh, dat bedoelt u, mevrouw.'

'Ik zou het op prijs stellen als je me bij mijn naam noemde. Of loop ik nu een beetje te hard van stapel?' Onderzoekend kijkt oma om zich heen.

'Misschien een goed idee,' antwoordt pa, 'al dat ge-mijnheer en ge-mevrouw. Wat denken jullie, Karen en Armand? Mag Rani jullie bij de voornaam noemen?'

'Natuurlijk,' knikt Brams moeder, 'veel gezelliger.'

'Mijn naam is Julia', zegt oma. 'Ouderwets, ik weet het, maar daar moet ik het nu eenmaal mee doen.' Rani vindt het maar een rare bedoening, Armand en Karen zeggen tegen de vader en moeder van Bram. Flauwerik, port ze zichzelf op, je lijkt je moeder wel, zo stug.

Ma verdwijnt naar de keuken en komt terug met een dienblad vol kommen. Ze vraagt of iedereen aan tafel wil komen. Voor elk bord staat een naamkaartje. Een met goudinkt geschreven menu zit geknepen in een klein houten staandertje. Het staat midden op de tafel en er ligt een krans van klimop omheen. Dat heeft ma mooi gedaan. Iedereen zoekt zijn plaats op.

'Wat een eer,' roept oma uit, 'niet alleen zit ik aan het hoofd van de tafel, maar ik ben dan nog omringd door de jeugd.' Ze legt even haar gerimpelde handen op die van Rani en Bram.

'Bedien je asjeblieft,' zegt ma, 'laat het jullie smaken.' En tot oma: 'Ma, zal ik je helpen?'

'Julia', verbetert oma. 'Nee, dank je. Ik kan het wel alleen af. Ik ben nog niet seniel.'

Het klinkt scherp, vindt Rani, te scherp. Ze heeft met ma te doen. Moeders en dochters hebben soms echt wel moeilijk karma met elkaar. Hoe zou dat toch komen?

Schotels worden doorgegeven. Het wordt stil aan tafel.

'Heerlijk', verzucht Armand terwijl hij nog eens opschept. 'Al mijn lof voor de kokkin.' Hij heft zijn glas. 'Op onze vriendschap. Mogen we er nog lang plezier aan beleven.'

Iedereen klinkt met iedereen. Ma zit stilletjes te glunderen. Na het eten duiken Karen en Armand samen met haar en pa de keuken in. Het verbaast Rani dat ma niet tegenpruttelt. Normaal gezien wil ze nooit dat genodigden haar helpen en al zeker niet met de afwas.

'Wat een paar glaasjes wijn toch voor elkaar krijgen', lacht oma. 'Sluit jij even de keukendeur, Rani? Die vier maken zoveel lawaai dat ik mezelf nauwelijks kan horen.'

'Zo jongeheer, pardon, Bram', zegt oma als Rani weer aan tafel schuift. 'Vertel me eens over dat verre India. Ik heb er nog altijd spijt van dat ik indertijd niet met Rani's ouders meegegaan ben naar Chennai. Nu ben ik daar te oud voor en moet ik mijn informatie uit de tweede hand halen.'

'Vertelden zij u er dan niets over?'

'Die? Die hadden alleen oog voor hun nieuwbakken dochter. Ze hadden net zo goed naar de Sahara kunnen gaan. Over het kindertehuis hoorde ik van alles, dat wel.'

'Waarom ben je niet meegegaan, oma?'

'Ach, je grootvader was een paar maanden daarvoor overleden, ik was niet echt in de stemming.' Ze staart even voor zich uit. 'Stom eigenlijk', zucht ze. 'Een mens mist heel wat kansen als hij niet in staat is te verwerken wat hem overkomt. Blijven ronddraaien in je emoties is nergens goed voor, maar het lijkt wel of wij, mensen, van onze ellende houden.'

'Van onze ellende houden?' herhaalt Bram.

'Als je al eens een groot verdriet hebt gekend, dan zul je wel begrijpen wat ik bedoel, jonge... Bram. Je gedachten worden er telkens weer naartoe gezogen en je emoties volgen. Zo blijf je maar in dezelfde stemming hangen en op de duur voelt dat zo vertrouwd dat je het bijna prettig vindt. Heb je dat wel al eens meegemaakt?'

Bram knikt. Er ligt een ernstige uitdrukking op zijn gezicht. Hij kijkt zelfs een beetje triest, vindt Rani.

'Dat is precies wat ik bedoel', zegt oma. 'Ik zie aan je gezicht dat je weer helemaal in die herinnering onderduikt. Niet doen, jonge vriend. Onmiddellijk dat o zo verraderlijke gevoel van je afschudden. Weet je hoe dat het snelst gaat? Zal ik je eens mijn truc leren?'

Weer knikt Bram. Hij is een en al aandacht, ziet Rani. Ze is opeens heel trots op haar oma.

'Luister naar het verste geluid dat je kunt horen', beveelt die. 'Je hoort zeker en vast de geluiden die uit de keuken komen. Wat nog meer?'

'Ik hoor nu een auto voorbijrijden.'

'Ik hoor mussen tjirpen in de tuin', zegt Rani.

'In de verte blaft een hond.'

Stilte.

'De wind', zegt Bram. 'Ik kan de wind horen.'

'En,' vraagt oma, 'nog droevig om het verloren vriendinnetje?'

Bram lijkt verrast. 'Nee,' schudt hij, 'hoe weet u dat?'

'Daar hoef je geen helderziende voor te zijn. Ik ben ook jong geweest', grinnikt oma. 'Maar laten we het over India hebben. Is daar nog altijd zoveel armoede? Hebben de leden van de hoogste kasten het er nog altijd voor het zeggen?' En tot Rani: 'Kaste, dat is zoiets als stand of klasse, maar dat wist je misschien al. Hé, Rani, waar zit je met je gedachten?'

Oma ziet ook alles. Waar ze met haar gedachten zat? Bij dat verloren vriendinnetje natuurlijk. Kan ze nu toch moeilijk zeggen. Gelukkig zwaait net op dat moment de keukendeur open en komen pa, Armand en Karen de eetkamer weer binnen. 'We zijn buiten gevlogen', lacht Karen. 'Veronica wil haar dessertgeheim voor ons verborgen houden.'

'Ik vroeg Bram net of het kastenstelsel[30] nog altijd even diep verankerd is in de Indiase samenleving.'

'Helaas wel', zucht Armand. 'Het is nu al meer dan een halve eeuw officieel afgeschaft, maar dat heeft weinig of niets veranderd aan de feitelijke toestand. De kaste waartoe je behoort, bepaalt nog steeds wat je mag eten en met wie, welk beroep je mag uitoefenen, waar je woont, met wie je mag trouwen en nog zoveel meer.'

'Taratata', trompettert ma terwijl ze met één hand de keukendeur openzwaait, een dienblad vol glazen bekers balancerend op de andere hand. 'Tijd voor een nagerechtje!'

Rani vindt het wel leuk dat ma zo vrolijk doet, dat is ze niet van haar gewend. Het dessert ziet er aantrekkelijk uit: een crèmekleurige pudding met stukjes pistache, gedroogde abrikozen en amandelschijfjes bovenop.

Oma laat zich niet afleiden. 'Proberen de leden van de laagste kaste dan niets aan hun levensomstandigheden te veranderen? En de onaanraakbaren? Voor hen is het kastenstelsel niet bepaald mals, heb ik begrepen.'

'Dat is niet zo eenvoudig, je mag niet vergeten dat hun voorouders al eeuwenlang volgens dat stelsel leven. Het voelt een beetje als verraad om daar verandering in te brengen.'

Oma knikt. 'Dat begrijp ik. Bepaalde toestanden verdwijnen maar na lange tijd. Kijk maar hoe het er vijftig jaar geleden bij ons nog aan toeging. Toen werden jonge mensen ook nog vaak verplicht te trouwen met iemand van dezelfde stand. Gelukkig is die tijd voorbij. Al zijn er nog altijd lieden die vinden dat je bij je eigen soort moet blijven.'

Rani verstijft. Ze durft ma niet aan te kijken. Er valt een eigenaardige stilte. Karen lijkt te voelen dat er iets niet klopt. 'Daar doen wij niet aan mee, hé', zegt ze. 'Bij ons is het enige criterium of iemand zijn of haar hart op de juiste plaats heeft.'

'Wat betekent dat, criterium?' vraagt Rani. Het kan haar niet schelen dat Bram haar misschien dom vindt. Liever dat dan een nieuwe stilte.

'Maatstaf', antwoordt pa. 'De staf waarmee je de maat bepaalt.' Ook hij kijkt ma niet aan. 'Iedereen voldaan?' vraagt hij. 'Zullen we ons dan maar terugtrekken in de salon voor de koffie, dames en heren? En willen de jongste leden van dit illustere gezelschap zich misschien naar hun eigen vertrekken begeven? Met het drankje van hun keuze uiteraard.'

Armand en Karen helpen gauw nog de tafel afruimen en gaan dan samen met pa naar de salon. Ma rommelt nog wat in de keuken. Oma wil naar huis. 'Lopen jullie dat kleine eindje met me mee?' vraagt ze aan Rani en Bram. 'Anders wil je vader me met alle geweld met de auto brengen en dat hoeft echt niet.' Rani is blij even naar buiten te kunnen. Ze trekken hun jas aan terwijl oma afscheid neemt van iedereen. 'Rob, doe de groeten van me aan Veronica', hoort ze oma zeggen. 'Ik wil haar liever niet storen.' Vreemd, vindt Rani. Wat is er toch met die twee?

'Ha, daar zijn jullie!' roept Armand uit als Bram en Rani even later de woonkamer weer binnenkomen. 'We hebben een verrassing. Als je er zin in hebt, dan kun je vanavond met ons mee, Rani.'

'Mee? Naar Brussel? Hoezo?'

'We hadden het net over de stage en over juf Sallie. We horen dat ze morgenavond bij ons in de buurt een voordracht komt geven over tempeldansen en dat jij die graag wilt bijwonen. Dus hebben we je ouders voorgesteld dat je vanavond met ons meerijdt. Zo kunnen we er morgen met zijn vieren heen.'

Rani kan haar oren niet geloven. 'Echt pa, ma? Mag ik mee naar Brussel? Vinden jullie dat goed? Hoe lang mag ik blijven?'

'Zolang je maar wilt, Rani', antwoordt Armand.

'Oh, maar je zou wel ten laatste tegen dinsdag terug moeten zijn', zegt ma vlug. 'Dan vieren we oma's verjaardag. Die zou het vast erg vinden als je er niet bij zou zijn.'

'Dan brengen we haar maandag terug en maken er een uitstapje van', beslist Armand. 'Ik heb toch nog een paar dagen verlof. Kunnen we eindelijk eens rondneuzen in je boekhandel, Rob.'

Een heel weekend bij Bram en zijn ouders!

'Bedankt, ma', roept ze en geeft ma een dikke klapzoen op elke wang. 'Bedankt, pa!'

'Hé, zo kom je er niet van af! Ik wil er ook twee', gebaart pa. Hij krijgt er drie, dan rent ze pardoes de salon uit, de trappen op, haar kamer binnen. Snel trekt ze andere kleren aan: een spijkerbroek en losse trui voor onderweg. Haar *salwar kameez*[31] gaat in haar reistas. Dat is om naar de voordracht te gaan. Nog een jurk voor zondag? Wie weet waar ze dan terechtkomt! Ze wordt steeds opgewondener. Ondergoed, toiletgerief. Een boek? Welnee. Of misschien haar fotoalbum. Dat heeft Bram nu nog niet gezien. Zou ze ma's aantekeningen meenemen? Toch maar niet. Dat is iets tussen ma en haar. Als ze weer beneden komt, staan Bram en zijn ouders al klaar om te vertrekken. Nog een kus aan ma en pa en hop, de auto in.

***

Bram durft nauwelijks te bewegen. Rani's hoofd ligt op zijn schouder en ze zakt meer en meer tegen hem aan. Er hangt een zoete geur om haar heen. Voelt hij daar een zachte ronding tegen zijn linkerarm? Dat hij haar elleboog voelt, is pijnlijk duidelijk. Voorzichtig haalt hij zijn arm onder haar uit en legt hem beschermend om haar schouders. Haar elleboog glijdt naar beneden. Dat is beter. Kijkt zijn vader naar hem in de achteruitkijkspiegel? Nee. Hij strijkt met zijn vrije hand haar loshangende haren uit haar gezicht. Mijn lieve tempeldanseres, zegt hij in zichzelf. Als hij zijn blik opslaat, ziet hij dat zijn vader nu wel naar hem kijkt. Verlegen draait Bram zijn gezicht weg en staart naar buiten. Ze zijn al een stuk voorbij Gent. Aan haar ademhaling hoort hij dat ook zijn moeder ingedommeld is. Hij voelt zich kalm en sterk. Zijn vader waakt over zijn moeder. Hij over Rani. Zo is het goed.

Hij denkt aan Kamala. Kamala was heel anders dan Rani. Verlegen, stil, bijna onbereikbaar. Bijna. Met veel geduld was hij erin geslaagd haar te benaderen. Toen ze hem eenmaal vertrouwde, was ze steeds meer opengebloeid en het leek wel of ze daardoor nog mooier werd. Ze liep anders, lachte anders, keek anders. Hij voelde zich steeds meer tot haar aangetrokken, wilde haar helemaal kennen. Hij verlangde er hevig naar haar hand vast te nemen, haar lichaam te voelen. Maar dat was een stap te ver. Hij had heel de cultuur waarin ze was opgegroeid tegen zich. In India raakt niemand elkaar in het openbaar aan, vreemden niet, verliefden niet, gehuwden niet. Zelfs in de klassieke Bollywoodfilms wordt er nooit gekust of gevrijd. Daarom duren die films ook zo lang: elke kus, elke aanraking wordt vervangen door een romantisch lied of door een dans. Een solodans welteverstaan. Of een groepsdans waarin niemand elkaar aanraakt.

Op een dag was het hem te machtig geworden. Tijdens een wandeling wachtte hij tot haar oudere broer – die was er altijd bij, lastig was dat! – eventjes niet keek en nam haar hand vast. Meteen het einde van hun relatie: ze was weggehold en hij had haar nooit meer te zien gekregen.

Dat probleem zal ik met Rani alvast niet hebben, denkt hij. Kijk hoe ze hier heel gewoon tegen me aanligt. Dat doet ze wel niet bewust, maar toch. Een Indiaas meisje zou er wel voor zorgen dat zoiets niet gebeurt. Of beter gezegd: haar familie zou ervoor zorgen. Nee, bij Rani lag de moeilijkheid ergens anders. Er moet iets in haar wakker worden. Iets ouds. Hij ziet weer de brandstapelscène uit de Ramayana voor zich. Zoals Rani daar na de vuurproef stond: nederig en zelfverzekerd tegelijk. Even, heel even, dacht hij Kamala te zien. Op dat moment had Rani een... een Kamala-achtige uitstraling. En dat maakte haar zo mooi, zo ontzettend mooi. Hij voelde toen iets voor haar wat hij niet kan benoemen. Het was alsof... Hij schrikt op als zijn vader stopt voor het eerste rode licht bij het binnenrijden van de stad. Zijn moeder wordt wakker. Rani ook. Even lijkt ze niet te weten waar ze is. Dan gaat ze rechtop zitten en rekt zich uit. Zo soepel als een kat, denkt hij.

'Zijn we er al?' vraagt ze.

'Bijna', antwoordt Armand. 'Trek maar jullie jas aan, het ziet er koud uit buiten.' Even later parkeert hij de auto voor hun huis.

***

Nog voor Rani de ogen opent, voelt ze dat ze niet in haar eigen bed ligt. Alles is anders, het gewicht van de donsdeken, het hoofdkussen, de geluiden. Ze voelt zich meteen opgewonden. Een heel weekend in Brussel bij Bram en zijn ouders. En vanavond naar de voordracht van juf Sallie. Ze trapt de donsdeken van zich af en loopt naar het raam. Als ze de gordijnen opentrekt, kijkt ze recht in de tuin met het Krishnabeeld achteraan. Ze glimlacht. Sinds de stage is het al India wat de klok slaat! Vroeger luisterde ze met een half oor naar wat ma haar erover vertelde, nu wil ze er alles over weten. Maar dat komt niet door de stage. Het komt door Bram. Ze bloost weer als ze denkt aan gisteravond. Zou ze de hele rit zo tegen hem aan hebben liggen slapen? Dat was vast heel ongemakkelijk voor hem. Lief dat hij dat volhield, die grote broer van haar. Weer glimlacht ze. Nu heeft ze toch een broer. Eindelijk! Hoe dikwijls had ze ma en pa niet gesmeekt om een broertje of een zusje toen ze zelf nog klein was. En kijk, zoveel jaren later worden haar smeekbeden verhoord. Heb jij daarvoor gezorgd, Heer Krishna, vraagt ze aan het sierlijke granieten beeld. Jij bent toch de heer van de liefde, niet? Heb jij mij hierheen gelokt met je fantastische fluitspel?

Ze loopt naar de wastafel in de hoek van de kamer en plenst wat water in haar gezicht. Brrr, koud. Gauw kleren aantrekken, haren borstelen en op verkenning. Op de overloop hoort ze de stemmen van Karen, Armand en Bram beneden.

'Daar heb je onze logé', groet Armand haar.

'Lekker geslapen?' vraagt Karen.

'Als een roos.' Dat zei oma ook altijd toen ze bij hen logeerde. Het klinkt vast ouderwets.

'Ga maar naast Bram zitten, wil je. Lust je warme chocolade-melk?'

Nou en of. Karen vult Rani's mok en die van Bram. Dan schenkt ze Armand en zichzelf een kopje koffie in.

'Het is prachtig weer', zegt Armand. 'Zullen we een boswandeling maken? Of wil jij liever de stad in, Rani?'

Ze kiest voor een boswandeling. Ze houdt niet zo van grote steden.

'Het Zoniënwoud dan maar,' beslist Armand, 'daar zijn we zelf ook allang niet meer geweest.'

***

'Je kunt hier echt verdwalen, hoor', beweert Bram. 'Er loopt ook wild rond: everzwijnen en herten en zo.'

'Everzwijnen! Zijn die niet gevaarlijk?'

'Alleen als ze zich bedreigd voelen. Maar je hoeft niet bang voor ze te zijn: als je lawaai maakt, blijven ze uit de buurt. Tenzij ze jongen hebben, maar dat is nu niet het geval.'

'Gelukkig maar!' Rani is er niet helemaal gerust in. Samen met Bram loopt ze een eind achter zijn ouders aan. Het ruikt hier lekker. Ze schopt met de laarzen die ze van hem leende door de bladeren. Heerlijk vindt ze dat. Bram blijft staan. 'Welke enorme stammen toch,' wijst hij, 'net olifantenpoten.'

Rani tuurt omhoog. 'Kijk, een eekhoorntje', roept ze. Het diertje draait voortdurend om de stam heen, het duurt even voor Bram het ontdekt.

Een paar passen voor hen staan Armand en Karen plots stil. Karen geeft een teken dat ze dat ook moeten doen, dan wijst ze naar rechts. Een hert! Met haar kop lijkt het dier de omgeving af te speuren. Zou ze hun geur ruiken? Ineens draait ze zich van hen weg en verdwijnt tussen de struiken.

'Mooi, hé', verzucht Rani.

'Dat vond Sita ook.'

'Wat zeg je?'

'Sita, de Ramayana, weet je nog wel.'

'Natuurlijk weet ik nog wie Sita is. Maar over een hert weet ik niets.' Wat bezielt Bram om zo neerbuigend te doen? 'Vertel op. Over dat hert,' snauwt ze, 'wat was er met dat hert?'

Bram trekt zich niets aan van haar bitse toon. Hij blijft staan, tuurt in het struikgewas.

'Op een dag zag Sita een hert in het struikgewas, een gouden hert met een gewei van edelstenen', begint hij alsof hij een sprookje vertelt en hij wijst naar het denkbeeldige gouden hert. 'Dat was de list die Ravana verzonnen had om Rama en zijn broer bij de hutten weg te lokken. Een van zijn vrienden, een demon-tovenaar, had zich in een hert veranderd. Toen Sita het dier zag, vroeg ze Rama of hij het voor haar wou vangen en als dat niet lukte, of hij het dan wou neerschieten en haar de vacht brengen. Natuurlijk deed Rama wat ze vroeg. Het dier lokte hem steeds verder weg en toen de avond begon te vallen, doodde hij het met één meesterlijk schot. Maar toen het zogezegde hert neerviel, veranderde het weer in de demon-tovenaar en die riep heel luid: "Sita, help!" Sita hoorde de schreeuw en stuurde Rama's broer onmiddellijk op pad om Rama te helpen. Ze bleef alleen achter en zo kon Ravana haar ontvoeren.'

'En ook dat ging niet zonder slag of stoot', klinkt Armands stem.

Is me dat schrikken! Rani en Bram waren zo in hun gesprek verdiept dat ze bijna tegen hem op botsten.

'Voor Rama het hert achternaging, dacht hij diep na', vertelt Armand verder. 'Hij wilde Sita niet zomaar alleen laten in het donkere bos. Hij trok met rijstpoeder een grote cirkel op de grond voor zijn hut terwijl hij een heilige mantra uitsprak. Weet je wat een mantra is?'

Rani knikt. Sinds ze een rakhibandje om de pols van Bram bond, weet ze precies wat een mantra is.

'Zo zorgde Rama ervoor dat de cirkel een magische kracht kreeg', vervolgt Armand. 'Niemand zou er van buitenaf in kunnen. "Ga in de cirkel zitten, Sita," beval hij, "dan kan niemand je wat doen, geen mens, geen dier, geen demon. En beloof me dat je erin blijft tot ik terug ben." Dat beloofde Sita plechtig. Toen vertrok Rama en later ging ook zijn broer het woud in, zoals Bram je net vertelde.'

'En toen kwam Ravana vermomd als bedelaar!'

'Inderdaad. Hij probeerde de kring binnen te stappen, maar voelde direct dat een magische kracht dat onmogelijk maakte. Dus verzon hij een list. Hij vroeg Sita om een beetje rijst en hij zorgde ervoor dat ze haar handen buiten de kring moest steken om de rijst in zijn bedelnap te gieten. Hij greep haar bij de polsen en kon haar zo uit de kring trekken.'

'En het arme kind was hopeloos verloren', lacht Karen.

'Dat was ze zeker. Ravana nam weer zijn tienhoofdige demongestalte aan en sleurde haar naar zijn hemelwagen. De rest is geschiedenis.'

'Hé, jammer dat we dat ook niet gespeeld hebben', vindt Rani. Jammer ook dat ik die mantra niet ken, denkt ze. Handig zo'n magische kring als je even niet gestoord wilt worden.

'Zien jullie wat ik zie?' vraagt Karen terwijl ze naar een witte vlek tussen de bomen wijst.

'Het peperkoekenhuisje van Hansje en Grietje', gekscheert Armand. 'Zullen we met zijn allen de heks in de oven duwen en haar hele voorraad snoep opeten?'

Lachend volgen ze hem naar de witte vlek die een cafetaria blijkt te zijn. Als Rani binnenstapt en de etensgeuren opsnuift, merkt ze dat ze grote honger heeft.

'Ze hebben hier lekkere vegetarische lasagne', zegt Karen. 'Ook zin, Rani?' Ze nemen alle vier hetzelfde. Bram en Rani bestellen spuitwater, Armand en Karen rode wijn.

Rani ziet een ober naar hun tafel komen met op één arm drie dampende schotels, een vierde houdt hij in de rechterhand. Knap dat die man dat kan, vindt ze. Ma kan dat ook, bijzonder is dat, zo handig is ze anders niet. Hoe zou het met ma en pa zijn? Zouden ze haar missen? Ze heeft nog maar één keer buitenshuis geslapen. Dat was bij Anna en dan nog maar voor één nacht.

Ze mag niet vergeten even naar huis te bellen, dat heeft ze ma beloofd.

***

Langzaam loopt de zaal van het yogacentrum vol. Rani voelt zich opgewonden. Zal juf Sallie hen straks zien zitten? Ze heeft haar flesgroene salwar kameez aan, de oranjerode sjaal over haar linkerschouder gedrapeerd. Gelukkig is de zaal goed verwarmd en hoeft ze haar jas niet aan. Ze kijkt even opzij naar Bram. Hij ziet er aantrekkelijk uit in zijn sportieve broek met kurta erover. Exact de kleur van zijn ogen, dat lichtblauwe lange hemd. Hij is nu al een kop groter dan zij. Als hij even groot wordt als zijn vader en zijn moeder, dan heeft hij nog een eind te gaan. Hé, wat is dat? Ziet ze daar haartjes op zijn bovenlip? Zou hij zich al moeten scheren? Gek idee! Ze ziet Bram al voor de badkamerspiegel, zijn bovenlip ingezeept en dan het scheermes erover, op de ouderwetse manier zoals pa. Even voelt ze een steek in haar maag als ze aan pa denkt. Ze rommelt wat in haar rugzakje. Vervelend dat ze niets bij zich heeft om notities te nemen.

Karen wilde niet dat ze iets meenam. 'Je kunt beter goed luisteren,' zei ze, 'terwijl je iets opschrijft, ontgaat je de rest.'

Er komt een man het podium op. Het wordt stil in de zaal. Dat mevrouw Sallie van der Meer een autoriteit is op gebied van Indiase dans, vertelt hij. Hij somt op wat juf Sallie allemaal doet om de Indiase cultuur en in het bijzonder de Zuid-Indiase tempeldans meer bekendheid te geven in ons land. Rani schuift ongeduldig heen en weer op haar stoel. De inleiding duurt veel te lang. Handgeklap. De man verdwijnt, juf Sallie gaat achter de spreekstoel staan en kijkt even de zaal rond. Bijna onmerkbaar knikt ze Armand en Karen toe, kijkt verrast als ze Rani en Bram ziet. Rani krijgt het er helemaal warm van.

Juf Sallie begint te spreken. Ze vertelt dat er in de Indiase tempels eeuwenlang voor de goden gedanst werd door jonge meisjes en vrouwen die aan de god van de tempel gewijd waren. Ze werden devadasi genoemd, wat dienares van god betekent.

Ha, dat betekent devadasi, denkt Rani. Niet gewoon tempeldanseres, maar dienares van God. Devadasi Rani. Zo klonk het in haar droom. Het rijmt nog ook.

'... waren meer dan vierhonderd danseressen aan de tempel gewijd', hoort ze nog net. De spots op het podium doven uit, op een doek achter juf Sallie licht het beeld van een Indiase tempel op. Oeps, ze is al een stuk kwijt, hopelijk heeft Bram het wel gehoord. Op het scherm verschijnt het onderste deel van een tempelmuur, met allerlei inscripties: de namen en zelfs de adressen van de mensen die meewerkten aan de bouw van de tempel en ook hoe lang ze er werkten en hoeveel ze verdienden. Er zijn zelfs namen bij van danseressen die aan de god van de tempel gewijd waren. Juf vertelt dat de tempeldanseressen de enige vrouwen waren die leerden lezen, schrijven, zingen en een instrument bespelen. Ze moesten gedichten kunnen schrijven en liederen componeren. Rani ziet zich al tokkelend op zo'n Indiaas snaarinstrument terwijl ze een liefdeslied zingt voor de koning of een van de prinsen!

'... financieel gesteund door de maharadja's[32]', zegt juf Sallie. Weer is Rani de draad kwijt. Ze richt haar aandacht op wat juf nu vertelt: dat het beroep van tempeldanseres werd doorgegeven van moeder op dochter en dat ook de erfenis van moeder op dochter werd doorgegeven. Vandaar dat de tempeldanseressen rijk waren en zelfs een zekere macht hadden.

'Helaas', vervolgt juf Sallie, 'verloren ze samen met de koningen hun aanzien toen de Britse overheersers de macht van de koningen braken. Die konden de tempels niet meer steunen en de danseressen moesten voortaan zelf in hun levensonderhoud voorzien. Ze bleven in de buurt van de tempel wonen en kwamen aan de kost door hun vrouwelijke charmes te verkopen aan de meest biedende. Ze raakten aan lager wal en werden als onrein beschouwd. Uiteindelijk mochten ze zelfs niet meer in de tempels dansen. De tempeldansen leken gedoemd te verdwijnen.' Juf Sallie werpt een blik op het scherm achter haar waar nu een beeld verschijnt van de banyan op haar kaartje. Rani kijkt even naar Bram. Met een knikje geeft hij haar te verstaan dat hij de boom ook herkent. Rani is nu een en al oor. Juf vertelt over een vrouw, die de dansen te waardevol vond om ze zo maar te laten verdwijnen. Daarom ging ze die zelf leren bij devadasi's die er nog iets van kenden. Ze richtte Kalakshetra op, een school waar de dansen weer werden aangeleerd.

Juf Sallie heeft het nu over de hedendaagse devadasi's. Er zijn er niet veel meer, in de steden zijn er geen te vinden, alleen in de dorpjes en dan nog maar in enkele deelstaten. Net als vroeger worden ze als jong meisje aan de god van de tempel gewijd, maar ze leren niet langer dansen, lezen, schrijven of een instrument bespelen. Ze mogen alleen de tempel binnen om hem schoon te maken en allerlei karweitjes op te knappen voor de priesters en daar worden ze niet voor betaald. Om te overleven zijn ze gedwongen zich te prostitueren en te bedelen, en dat al vanaf het moment dat ze voor het eerst menstrueren.

'Gelukkig', besluit juf Sallie, 'zijn er de laatste jaren allerhande groeperingen ontstaan die proberen om deze meisjes en vrouwen te bevrijden uit hun slavernij en hun een beroep aan te leren, zodat ze weer voor zichzelf kunnen zorgen.'

Juf Sallie bedankt de aanwezigen voor hun aandacht en nodigt hen uit om vragen te stellen. De spots op het podium branden weer. Iemand wil weten hoeveel devadasi's er nu nog zijn. Iemand anders vraagt of een huidig Bharata Natyamoptreden wel dezelfde dansen op het repertoire heeft als de dansen die vroeger in de tempel gedanst werden. Rani wou dat de vragen ophielden. Haar benen kriebelen, ze wil hier weg. En dan volgt eindelijk het applaus als juf Sallie met een namaste afscheid neemt van het publiek.

Ze komt het podium af en loopt hun richting uit. Onmiddellijk wordt ze door een groepje mensen omringd. Het duurt een hele tijd voor ze zich uit dat kringetje kan losmaken en bij hen komt staan. 'Mijnheer en mevrouw Laforce', groet ze, terwijl ze Armand en Karen de hand schudt. 'Dag Bram, dag Rani.' Ook zij krijgen een hand. Rani voelt zich heel belangrijk. Zouden de omstanders dat wel gezien hebben? Juf Sallie bespreekt iets met de ouders van Bram over een Aziëbeurs in februari en verontschuldigt zich dan: ze moet nog een en ander afhandelen met de organisatoren. 'En Rani,' vraagt ze nog, 'ideeën opgedaan voor je spreekbeurt?' Rani knikt enthousiast. Ze zal het hebben over hoe het er heel lang geleden aan toeging toen de tempeldanseressen belangrijke vrouwen waren, dat spreekt. Veel interessanter dan gewoon over Bharata Natyam zoals ze eerst van plan was.

Die avond in bed fantaseert ze dat ze zo'n tempeldanseres was. Ze ziet zichzelf in prachtige kleren en getooid met gouden juwelen dansen voor de koning. Alle prinsen worden op slag verliefd op haar en ze hoeft maar te kiezen met wie van hen ze wil trouwen. Ze valt pardoes in een diepe, droomloze slaap.

***

Goed dat ik mijn leuke jurk meenam, denkt Rani. De violette kleur komt prachtig uit tegen het oranje tafelkleed. Het hele restaurant is oranjekleurig: de muren, de gordijnen, de tafelkleden, de servetten. Zelfs de rieten stoelen hebben een lichte oranje uitstraling. Ze voelt zich mooi met haar zilveren oorbellen en de glazen armbandjes rond haar polsen. Die tinkelen zo fijn telkens als ze een toastje neemt. Bram vond haar ook mooi, dat voelde ze meteen toen ze de logeerkamer uitkwam. Armand floot bewonderend en zei dat hij heel vereerd was om in zo'n charmant vrouwelijk gezelschap te vertoeven. Galant had hij een paraplu geopend en eerst Karen naar de auto gebracht, daarna haar. Dat was een goed idee want het was ondertussen beginnen gieten.

'En?' vraagt Karen. 'Heb je nu voldoende stof voor je spreekbeurt, Rani?'

'Ik denk het wel, Bram heeft me goed geholpen.' Ze vertelt hoe ze haar spreekbeurt zal beginnen. 'En dan wil ik het hebben over die grote tempel,' zegt ze, 'waar wel vierhonderd danseressen waren. Ik ben de naam vergeten.'

'Thanjavur[33],' helpt Bram, 'de tempel van Thanjavur.'

'Tiende eeuw,' voegt hij eraan toe.

Ze hoort het niet eens. 'Dat moet fantastisch zijn geweest,' mijmert ze, 'al die danseressen die iedere avond dansten in de tempelzalen en op de terrassen.' Ze ziet het zo voor zich.

'Ze werden ook dikwijls gevraagd op chique huwelijksfeesten', vertelt Karen. 'Hindoes dachten dat hun aanwezigheid geluk bracht omdat ze met de god van de tempel getrouwd waren en dus nooit weduwe konden worden. Misschien dacht de bruid wel dat zij ook nooit haar man zou verliezen als er een devadasi aanwezig was op haar bruiloft.'

'Wist je dat elke devadasi bij haar wijding een beschermheer toegewezen kreeg?' vraagt Armand. Hij vertelt dat het meestal om iemand van het koninklijk hof ging en dat die man dikwijls ook de vader van haar kinderen werd. 'Maar zij bleef wel in het huis van haar moeder wonen,' voegt hij eraan toe, 'ze was immers getrouwd met de god van de tempel en kon dus niet met een andere man trouwen. Gelukkig erfde ze haar moeders huis...'

'Dat laatste vonden de broers van de devadasi's maar niks', onderbreekt Karen hem. 'Ze waren wat blij dat de Britten de macht van de tempeldanseressen braken. Zo kregen ze weer zelf de erfenis in handen, zoals het in de Indiase maatschappij gebruikelijk was en nog steeds is. En de leden van de hoogste kaste hielpen ook een handje mee. Hun stoorde het dat vrouwen onderwijs kregen, zeker omdat het vrouwen uit een lagere kaste waren. Iedereen tevreden dus!'

'Iedereen, uitgezonderd de tempeldanseressen!' Rani is verontwaardigd. Wat een naar verhaal, denkt ze. Wat goed dat die ene vrouw Kalakshetra oprichtte. Ze mag er niet aan denken dat ze nooit iets over Bharata Natyam had geweten. Bharata Natyam is niet zomaar een dans, zoals tango of salsa of hiphop, verre van!

'Bharata Natyam is een heilige dans', zegt ze hardop. 'Die mag nooit verdwijnen!'

Karen kijkt haar oplettend aan, alsof ze haar voor het eerst ziet. Rani wordt een beetje verlegen van die blik. Ze wordt helemáál verlegen als ze ziet hoe Karen en Bram naar elkaar glimlachen. Alsof ze een geheim delen dat met haar te maken heeft.

Armand drinkt nog een slok wijn. 'Daar komt onze bestelling', waarschuwt hij.

***

'Je zou me nog je fotoalbum tonen', zegt Bram als ze weer zijn kamer binnenkomen.

Pech, denkt ze. Ze had gehoopt dat hij het vergeten was. Stom ook dat ze het hem vertelde, nu kan ze er niet meer onderuit. Als ze terugkomt, ziet ze een stapel beduimelde boekjes op de grond liggen. Het zijn Indiase godenverhalen voor kinderen.

'Misschien vind je het leuk om ze eens te bekijken,' wijst Bram, 'kinderen uit hindoegezinnen worden er bij wijze van spreken mee grootgebracht.' Hij neemt het album van haar aan en gaat op een kussen op de vloer zitten. Met een klopje op het andere kussen nodigt hij haar uit naast hem te komen zitten. Hij bekijkt de foto's aandachtig zonder een woord te zeggen. Iets in zijn manier van doen zorgt ervoor dat ze haar mond houdt. Om zich een houding te geven begint ze in de strips te bladeren. De tekstballonnetjes zijn in het Engels geschreven. Eindelijk klapt hij het album dicht.

'Heb je al eens over mijn voorstel nagedacht?' vraagt hij.

'Je voorstel?'

'Om je te helpen als je zou beslissen om je moeder te zoeken.'

'Oh, dat!'

'Als we naar Chennai gaan in de kerstvakantie, kan ik wel eens langslopen bij het kindertehuis waar je moeder je heen bracht. Misschien weten ze me daar iets over haar te vertellen.'

'Eh, ik weet niet…' Zijn voorstel brengt haar in de war. Toen ze ziek was, wilde ze onmiddellijk naar haar moeder op zoek gaan, daarna zakte dat verlangen helemaal weg. 'Ik weet niet of ik dat wel echt wil. Ik sprak er nog eens over met pa en die vindt dat ik beter nog wat kan wachten. Misschien heeft hij gelijk.'

'Misschien. Niemand kan dat voor jou beslissen. Maar als je wilt dat ik ernaartoe ga, dan zou ik graag deze foto meenemen.' Hij wijst het kiekje aan waarop ze op de arm zit van de zuster met de witte sari.

'Oké', knikt ze. 'Als ik het zeker weet, stuur ik hem op.' Goed zo, Rani, geeft ze zichzelf een schouderklopje. Laat je door niemand op-jutten. Noch voor, noch tegen de zoektocht. Ze neemt een nieuwe strip van de stapel, doet alsof ze er zich op concentreert. Echt verve-lend dat ze nooit weet wat ze moet zeggen als ze met Bram samen is. Over India weet hij veel meer dan zij en in iets anders lijkt hij niet geïnteresseerd. Zou hij echt niets anders doen dan die vechtsport beoefenen en op die trom spelen? Heeft hij geen vrienden om samen mee op pad te gaan? Vanuit haar ooghoeken ziet ze hem een boek uit zijn boekenrek halen. Hij komt weer naast haar zitten. Ze probeert de titel te ontcijferen maar dat lukt niet. Ze is opgelucht als Armand hen roept dat het avondeten klaar is.

'Leuke strips', zegt ze. 'Mooi getekend en niet te veel tekst. Ideaal voor een doemeisje als ik. Misschien leer ik zo ook een beetje En-gels.'

'Een doemeisje?'

Rani vertelt hem wat haar vader over haar zegt als iemand hem vraagt of ze veel leest.

'Geestig! Kies maar uit welke je graag wilt meenemen. Ik hoef ze toch niet meer.' Rani neemt dan maar de hele stapel mee. Kan ze een tijdje voort.

Rani wordt vrouw

Rani heeft er de pest in. Slecht geslapen, grijs weer, pa al naar de boekhandel, ma zenuwachtig als altijd en maar vragen stellen over hoe het was bij Bram, wat ze allemaal gedaan hebben, wie wat gezegd heeft… En nu dit!

'Hoezo, we gaan niet naar oma vandaag? En daar kwam ik dan nog speciaal voor terug! Gewoon omdat ze verkouden is. Dat is toch geen reden!'

Stilte.

'Gaan tante Ria en oom Jos en…'

'Niemand gaat.' Aan de stem van ma te horen, kan ze beter zwijgen. Ma en oma hebben toch weer geen ruzie gekregen? Of is ma nog kwaad om wat oma aan tafel zei, vorige vrijdag? Over bij je eigen soort blijven? Ze besluit wijselijk om naar haar kamer te gaan. Een beetje verweesd gaat ze op haar bed zitten. Niet naar oma dus. Wat moet ze nu doen, de hele dag? Misschien eens langslopen bij Anna? Ze pakt haar mobieltje.

'Lvr nt, btje zk', sms't Anna terug.

Rani: 'Wt s r?'

Anna weer: 'Hfdpn.'

Hoofdpijn! Vreemd dat ze om zo'n kleinigheid niet mag komen. Is Anna dan niet nieuwsgierig naar wat er in Brussel gebeurd is? Wat heeft iedereen toch? Ze wordt opeens weer kwaad, grabbelt het boek vast dat ze oma cadeau wil doen, dendert naar beneden, gilt naar haar moeder dat ze toch naar oma gaat en stormt de deur uit voor ma de kans krijgt om te antwoorden.

Oma kijkt verrast als ze de deur van haar appartement opent.

'Rani! Ik had toch gezegd dat ik…'

'Oma, ik kom niet speciaal voor jou uit Brussel terug om me dan te laten afschepen vanwege een stomme verkoudheid', zegt ze kordaat. 'Gelukkige verjaardag!' En ze geeft oma een ferme zoen.

'Daar kan ik weinig tegen inbrengen.' Oma ziet er bleek uit.

'Heb je het zwaar te pakken, oma?' vraagt Rani als ze even later een kopje koffie drinken.

'Gaat wel', bromt oma. 'Ik had gewoon geen zin in dat gedoe. Zeker niet na wat er een paar maanden geleden gebeurd is.' Ze staart uit het raam.

Hé, oma ziet er weer net zo somber uit als toen ze pas uit het revalidatiecentrum kwam. Rani weet even niet wat te antwoorden.

'Ik dacht dat je ruzie had met ma', zegt ze dan. Meteen kan ze zichzelf wel voor het hoofd slaan. Daar wil oma het nu vast niet over hebben.

'Ruzie met je ma? Hoe kom je erbij?'

'Ma was vast niet blij met je opmerking over lieden die vinden dat je bij je eigen soort...'

'Oh, dat!'

'Oma, ik wéét dat je van ma houdt en toch klikt het niet tussen jullie, hoe komt dat toch?'

'Dat is een oud verhaal, Rani. Daar moet ik trouwens nog iets aan doen voor ik de pijp aan Maarten geef.'

'Oma!' Nu schrikt ze echt.

'Ach meisje, voor mij hoeft het allemaal niet meer. Je opa is nu al ruim tien jaar weg, ik krijg zin om hem achterna te gaan.' Ze kijkt even naar de foto van haar en opa op de vensterbank. 'Voor ik weer een toeval krijg en helemaal van anderen afhankelijk word', voegt ze eraan toe.

Rani voelt zich opeens erg triest. Oma ziet het en probeert zich te herpakken. 'Laat me nu eerst maar eens zien wat je voor me meebracht', zegt ze en scheurt een beetje hardhandig de geschenkverpakking open.

'*Een vrouw in Afrika*', leest ze hardop. '*Een Europese antropologe doorkruist het zwarte continent.* Dat is een kolfje naar mijn hand! Dank je wel, Rani.' Ze doorbladert het boek, legt het dan naast haar kopje op de keukentafel. 'Vertel eens, hoe was je weekend?'

'Graag een iets preciezere vraagstelling.' Dat zegt oma ook altijd als ze niet weet wat te antwoorden.

Oma grinnikt. 'Zoals je verkiest, jongedame. Vertel mij dan maar eens hoe het contact met je geëerde broer verliep.'

'Gewoon', antwoordt ze. 'Goed.'

'Ik vind het een knappe, intelligente, goed opgevoede, zachtaardige jongeman', declameert oma. 'Nu jij weer!'

'Oma!'

'Ga je niet met hem mee in de kerstvakantie? Naar Chennai?'

'Ha! Denk jij dat ma dat goedvindt?' Ze kijkt oma onderzoekend aan, schiet dan in de lach. 'Je wilt me opjutten, niet? Wel, dat zal je niet lukken, zeer eerwaarde moeder van mijn moeder!'

'Wat een mondvol!' Oma's ogen twinkelen weer.

'Zo spreken de mensen in Indiase families elkaar aan volgens Bram: moeder van mijn moeder in plaats van oma, zoon van mijn moeder in plaats van broer enzovoort. Bovendien noemen ze elke oudere vrouw *ama* en elke oudere man *baba* of ze noemen hen oom of tante. Ingewikkeld hoor.'

'Zeg dat wel. Maar ondertussen is mijn vraag onbeantwoord gebleven.'

'Ik mis hem', bekent Rani. 'Ik denk dat ik een beetje verliefd op hem aan het worden ben.'

'Zo mag ik het horen!'

Tegen oma kun je praten als tegen een vriendin, denkt Rani.

'En hoe zit dat nu met die spreekbeurt? Want dat was toch de smoes waarvoor je een weekendje naar Brussel trok, niet?'

'Oma, je bent een pestkop.' Rani rolt met haar ogen. 'Maar als je het echt wilt weten, met die spreekbeurt komt het wel goed. Tegen het einde van de herfstvakantie is hij klaar.'

'Krijg ik die dan te lezen?'

'Oké.'

Oma kijkt weer uit het raam. Het begint al te schemeren. 'Ik zou maar naar huis gaan als ik jou was', waarschuwt ze. 'Blij dat je toch kwam, trouwens. Doe de groeten aan je pa en je ma.'

Rani doet maar wat oma zegt. Als ze niet voor het donker thuis is, krijgt ze zeker op haar donder van ma.

'Tot eind deze week', zwaait ze als oma haar uitlaat. 'Houd je goed, oma!'

Vrolijk loopt ze het kleine eindje naar huis. Haar opgewekte stemming verdwijnt meteen als ze haar moeders gezicht ziet. Met toegeknepen mond luistert ze naar de verwijten die ze over zich heen krijgt. Dat is niet eerlijk! Ze heeft oma niet lastiggevallen, ze heeft

haar verdorie opgevrolijkt! In haar eentje! Dat zou ma vast niet gelukt zijn. Wat is haar moeder toch een zeur. Hopelijk zal ze later niet
op haar lijken, dat zou pas een ramp zijn. Maar nee, denkt ze giftig,
natuurlijk zal ik niet op haar lijken. Ze is immers mijn echte moeder
niet. Gelukkig maar. Gelukkig heb ik ver weg een ma op wie ik lijk.
Hoe schreef Bram het ook alweer in zijn brief? Dat ik wel op mijn
echte ma zal lijken en dat die dus wel een vrolijke, dappere vrouw
moet zijn. Mijn echte ma is een vrolijke, dappere vrouw, herhaalt ze
terwijl ze de trap oploopt. Die zou vast blij zijn geweest dat ik oma
een bezoekje bracht. Oma was ook blij. 'Oma was blij dat ik kwam',
schreeuwt ze voor ze haar kamerdeur dichtslaat. 'Hoor je dat? Blij!'

***

'Is er wat?' vraagt Rani. Ze heeft net het hele relaas van haar week-
end bij Bram gedaan. Anna heeft alleen maar geluisterd. Dat was al
niet normaal. En nu zegt ze er niet eens iets over.
Anna kijkt geheimzinnig. 'Ik heb ook wat te vertellen.'
'Ah? Vooruit dan. Ik luister!' Zou Anna ook een vriendje hebben?
Ze schrikt van dat 'ook'. Is Bram nu haar broer of haar vriend? Dat
vraagt ze zich de laatste tijd almaar af. Anna neemt iets uit haar
kleerkast en zwaait ermee.
'Nee! Zeg dat het niet waar is.'
'Het is een waarheid als een koe', giechelt Anna.
'Sinds wanneer?'
'Sinds gisteren.'
Daar staat Rani paf van.
'Vertel, hoe voelt het?'
Rani merkt dat haar vriendin niet weet hoe erover te beginnen.
Een precieze vraag, denkt ze, ik moet een precieze vraag stellen.
'Voel je het echt lopen?' vraagt ze.
'Ja, natuurlijk. Het geeft een warm gevoel. Het voelt vies en tege-
lijk plezierig.'
Plezierig? Dat kan Rani zich moeilijk inbeelden.
'Het vervelendste zijn de dagen ervoor en de eerste dag. Dan heb
je hoofdpijn en buikkrampen. Ik toch. En dan voelen je borsten zo

gespannen, net alsof de huid eromheen te klein is.'

Rani kijkt naar Anna. Anna's borsten zijn duidelijk groter dan die van haar. Maar Anna is ook zwaarder gebouwd en molliger. Dan schiet haar iets te binnen. Iets waar ze helemaal niet blij mee is.

'Dus vanaf nu hoor je erbij?'

'Ja! Kaat is vanmorgen langsgekomen. Ik kon moeilijk de hele herfstvakantie lang dat maandverband bijhouden. Nu heeft ze het bewijs gezien en kan ze het de anderen vertellen.'

Rani griezelt. Ze had al wel gehoord dat de grote vier geen meisjes in hun clubje toelieten als die niet konden bewijzen dat ze voor het eerst gemenstrueerd hadden, maar nu ze zich voorstelt hoe Anna aan Kaat... Bah!

'Kunnen we nu nog vriendinnen zijn?' vraagt ze.

'Natuurlijk, gekkerd! Waarom zouden we geen vriendinnen meer kunnen zijn? Trouwens, binnenkort is het jouw beurt hoor, niemand ontsnapt eraan.'

'Op de speelplaats staan de grote vier altijd met elkaar te konkel-foezen. Niemand anders mag erbij.'

'Dat interesseert me niet', beweert Anna. Zal wel, denkt Rani, na-tuurlijk wil Anna er wel bijhoren. Verdorie, nu raakt ze haar beste vriendin ook nog kwijt. Alsof het niet erg genoeg is dat ze Bram weer een hele tijd niet meer zal zien.

'Trouwens, we blijven toch samen naar school fietsen? En in het weekend kunnen we elkaar toch zoveel zien als we willen?' troost Anna. 'Komaan zeg, kop op, dat is het einde van de wereld niet.' Ze slaat een arm rond Rani's schouders. Nu kan Rani haar tranen he-lemaal niet meer bedwingen. Woedend wrijft ze die weg met de rug van haar hand.

'Het is daarom niet dat ik huil', liegt ze. 'Ik huil omdat ik weer eens vreselijke ruzie heb met mijn moeder.'

'Niks van aantrekken. Heb ik ook regelmatig. Dat waait wel over. Kom, laten we een spelletje spelen op mijn computer.'

Anna vraagt niet eens wat er aan de hand is, denkt Rani, ze vindt me ook al kinderachtig, zeker? Nu heeft ze nog meer medelijden met zichzelf.

***

Wat denkt ma wel, dat ze er zo gemakkelijk van afkomt? Dacht ze nu echt dat ze met haar zou gaan winkelen vandaag? Driftig schopt Rani haar sporttas in een hoek en begint dan haar bureau op te ruimen. En dat stomme dagboek krijgt ze meteen terug, denkt ze. Ze gaat het dikke schoolschrift voor de slaapkamerdeur van haar ouders leggen. Het fotoboek houdt ze bij. Van nu af zal ze zelf wel beslissen welke foto's erin mogen. Ik ben al een groot meisje, sneert ze sarcastisch, met de nadruk op meisje. Vrouw-zijn, dat is iets voor de grote vier. Ze haat hen, ze haat hen, ze haat hen! Zoals ze daar op de speelplaats neerbuigend staan te doen tegenover de rest. Een maand geleden lieten ze alle meisjes van de klas een voor een bij zich komen. Zij, Rani, was de eerste. Ze had zich vereerd gevoeld. Blijkbaar vonden ze haar interessant genoeg om met haar te praten. Als ze geweten had wat haar te wachten stond... Bo duwde haar met een zetje in de rug midden in hun kringetje en draaide haar dan langzaam in het rond.

'Klein, heel klein,' zei ze keurend, 'maar dat is omdat ze van een ander ras is. Daar kan ze niets aan doen.'

'Dat is waar, we moeten eerlijk blijven, ze kan er ook niets aan doen dat ze zo donker van huid is, hoewel...' Naomi had haar gespeeld meelevend aangekeken, 'hoewel ik eens gelezen heb dat er ook in jouw land mensen met een bijna blanke huid zijn en dat Indiase mannen dat veel aantrekkelijker vinden.'

'Ze heeft wel mooie ogen,' onderbrak Kaat, 'en dat haar, mooi zwart. Maar waarom draag je het altijd in zo'n onnozele vlecht, kleintje? Durf je het niet los te laten hangen? Bang om verleidelijk te zijn? Daar hoef je echt niet mee in te zitten, hoor. Daarvoor ben je nog een beetje te plat van voren.' En dat kreng van een Anouk voegde er proestend aan toe: 'Nog altijd twee ruggen!'

Ze was boos weggestapt, tranen van vernedering in haar ogen. Stom dat ze erin gelopen was! Waar haalde ze het om te denken dat ze haar erbij zouden nemen zonder hét bewijs voor te leggen. Ha! Dat bewijs zouden ze nooit te zien krijgen, ze hoefde hen niet. Het kan haar niet schelen dat de knapste jongens van de klas om hen heen zwermen als, als... vliegen rond een stront. Die kerels kunnen de pot op, met hun pukkels en hun rare stem en die onnozele dons-haartjes op hun bovenlip.

Na de vakantie mag Anna ook bij dat groepje en ze lijkt er nog blij mee ook. Stampvoetend loopt Rani naar het raam en trekt het met een ruk open. Achter haar hoort ze een vreemd geluid. De stapel strips die ze van Bram meekreeg, is van het bankje gegleden. Strips, nog zoiets! Wat een achterlijk geval is ze toch. Ze grabbelt de dunne boekjes bij elkaar, schrikt als een van de kaften scheurt. *Krishna saves Draupadi*, leest ze. *To save* betekent redden, zoveel Engels kent ze wel. Ze loopt met het boekje naar haar bureau en kleeft voorzichtig de gescheurde randen weer aan elkaar. Hopelijk vindt Bram het niet al te erg.

Natuurlijk vindt hij dat niet erg, zegt een gemeen stemmetje in haar hoofd, hij zei toch dat hij ze niet meer hoefde, ze zijn voor kinderen bedoeld, weet je nog? Ze krijgt weer tranen in de ogen, loopt naar de spiegel. Twee ruggen? Haar borstjes zijn al groter dan een maand geleden, dat weet ze zeker. Eigenlijk zou ze dringend een behaatje moeten kopen. Zo'n kanten ding. Zou dat erg duur zijn? Ze heeft nog wel wat spaarcenten in het blikken doosje in haar bureau-lade. Zou ze er in haar eentje om durven? Nee, toch maar niet. Ze maakt haar vlecht los en schudt haar lange haren. Ze komen tot aan haar middel. Zo kan ze niet naar school. Ze moet ze op een of andere manier samenbinden. Een paardenstaart? Even kinderachtig als een vlecht. Ze krijgt een schitterend idee.

'Ben een uurtje naar Anna', schrijft ze op een briefje en legt het op de keukentafel. Dan rent ze naar buiten.

***

'Slecht nieuws?' vraagt zijn moeder.

'Het hangt er maar vanaf wat je slecht nieuws noemt', schokschou-dert Bram terwijl hij zijn mobieltje weer in zijn broekzak stopt. 'Rani sms'te me net dat ze haar vlecht liet afknippen en dat haar ouders daar blijkbaar niet gelukkig mee zijn.'

'Jij ook niet, heb ik de indruk!'

Weer haalt hij zijn schouders op. 'Ik weet niet wat ik me erbij moet voorstellen. Ik heb haar gevraagd me een fotootje van haar nieuwe look door te mailen.' Hij kijkt zuur. 'Ik hoop wel dat ze het niet helemáál kort liet knippen.'

'Mannen!' zucht zijn moeder theatraal. 'Als ik je vader zou geloven, dan droeg ik nu haar tot op mijn heupen.'

'Minstens', voegt ze er eraan toe als Bram in de lach schiet. 'Ik wil hem dat plezier wel doen, maar mijn haar werkt niet mee. Zodra het mijn schouders raakt, begint het te splitsen en moet ik de punten er afknippen.'

'Je kapsel staat je goed,' zegt Bram, 'echt.' Plagend haalt hij haar steile haar in de war. Hij kijkt hoe ze het weer gladstrijkt. 'Het past bij je gezicht, je hebt een sterk gezicht.'

'Sommigen noemen het hoekig.'

'Die zijn gewoon jaloers.'

'Bedankt voor het compliment, charmante zoon van me.' Ze geeft hem een moederlijke kus op het voorhoofd. Hij veegt hem met gespeelde weerzin weg.

'Mam! Ik ben al een grote jongen, hoor!' Zijn gezicht wordt weer ernstig. 'Rani kan soms zo kinderachtig reageren. Neem nu dat haar. Ze kan toch niet verwachten dat haar ouders staan te juichen bij alles wat ze doet? Als ze een beslissing neemt zonder hen daarin te kennen, dan...'

'Ze is pas dertien, Bram.' Zijn moeder richt haar aandacht weer op het boek dat ze zat te lezen.

Hij zwijgt. Pas dertien! Al dertien, zeker. Te oud om je nog druk te maken om zulke kleinigheden, toch. Of is hij nu weer veel te streng? Hij zucht. Misschien is zo'n vrolijk doemeisje als Rani met al haar kleine probleempjes en zotte invallen net wat hij nodig heeft. Hij is zelf al serieus genoeg. Hij voelt zich eigenlijk altijd ouder, ernstiger dan zijn leeftijdgenoten. Op school, in de kalaripayatlessen, overal. Straks gaat hij haar nog vervelen met zijn Indiamanie! Maar waar kan hij het anders over hebben? Over rockmuziek? Over voetbal? Over die stomme computerspelletjes waar zijn klasgenoten zo verzot op zijn? Over de vrienden die hij niet heeft? Met grote stappen loopt hij de kamer uit, grist zijn jas van de kapstok en gaat een eind wandelen. De stad in. Zomaar. Als dat geen spannend initiatief is! Hij wordt nog een echte losbol.

Zondag en het regent pijpenstelen. Typisch! Rani staart door het raam en denkt aan haar spreekbeurt. Ze heeft het er goed afgebracht. Eerst was er wat gegiechel en geroezemoes terwijl ze de wierookstokjes en kaarsjes aanstak op het lage tafeltje met haar Krishnabeeldje erop, maar al na enkele minuten had ze de klas mee. Een opwindend gevoel was dat. Nadien kwamen er massa's vragen en ze kon die allemaal beantwoorden. Tot Anna haar vroeg wat ze dacht over reïncarnatie. 'Denk je echt dat er zoiets bestaat als een ziel die na onze dood een mama en een papa kiest, die dan een baby'tje maken zodat zij weer een lichaam heeft?' Het groepje van vier waar ze nu bij hoorde, was meteen spottend beginnen lachen.

Weg was haar zelfverzekerdheid. Wat gemeen van Anna, hoe kon ze! Gelukkig zei de lerares dat deze vraag hen te ver zou voeren en dat ze het er wel een volgende keer over zouden hebben. Volgende donderdag, zei ze. Daar wil Rani op voorbereid zijn: Anna zal haar niet nog eens voor schut zetten. Ze wordt weer kwaad nu ze aan het verraad van Anna denkt. Het komt natuurlijk door de grote vier, die hebben Anna opgestookt, maar toch. Mijn beste vriendin, denkt ze. Nu, dat is Anna niet langer, zelfs geen gewone vriendin meer. Rani wil niets meer met haar te maken hebben. Heel vervelend dat ze bij elkaar in de klas zitten. En heel vervelend dat ze geen andere beste vriendin heeft om Anna's plaats in te nemen. Nu zit ze hier in haar eentje na te denken over reïncarnatie. Met twee is het veel gezelliger. Zou ze eens naar Bram mailen? Ja, doen. Vrijdag vertrekt hij al naar Chennai, dan moet ze twee weken wachten voor ze hem er iets over kan vragen.

Hoi Bram,

Ik ben een werkstuk aan het maken over reïncarnatie. Ik vroeg oma, ma en pa naar hun visie. (Chic woord hé 'visie'!).

In het kort komt het hierop neer: oma denkt dat de dood hetzelfde is als een diepe droomloze slaap, maar dan een die eeuwig duurt. Niks leven na de dood en dus ook geen sprake van reïncarnatie.

Ma denkt dat onze ziel na onze dood een nieuw lichaam nodig heeft om af te geraken van de problemen die we in vorige levens niet opgelost hebben. Zo'n ziel kijkt dan uit naar geschikte toekomstige ouders om opnieuw geboren te worden. Dat gaat zo door tot zij helemaal zuiver is. Daarna wordt zij opgenomen in iets wat ma 'Het Zelf' noemt, een beetje zoals een druppel die in een glas water valt: de druppel is er nog wel, maar heeft niet meer de vorm van een druppel.

Pa denkt dat als we sterven, ons lichaam en onze ziel uit elkaar vallen in allemaal kleine deeltjes die vrij rondzweven in het heelal tot ze tot andere loszwevende deeltjes aangetrokken worden om een nieuw wezen te vormen. Dat kan een mens of een dier of een plant of een steen zijn.

Laat je me eens weten wat jij erover denkt?

Groetjes,

Rani

***

Eindelijk! Eindelijk een serieuze vraag. Bram ziet Rani weer voor zich, zoals ze daar stond aan de infobalie de eerste stagedag. Weer ziet hij het beeld dat in hem opkwam: zij, opgemaakt als een devadasi blootsvoets dansend op een stenen vloer met allemaal zuilen om haar heen! Alle haartjes op zijn lichaam waren er rechtop van gaan staan.

Hij denkt aan een zin die hij onlangs las: 'Bij de geboorte vallen we door het web van vergetelheid.' Een poëtische manier om te zeggen dat we bij de geboorte alles van daarvoor vergeten. Niet alleen de negen maanden in de baarmoeder, maar ook de levens die we voordien geleefd zouden hebben. Hij sluit het tuimelraam want de regen valt stilaan met bakken uit de hemel. Het Krishnabeeld is nu glanzend zwart, alleen de kop van de koe bleef droog.

Waarom toch dat web van vergetelheid, vraagt hij zich af, waarom vergeten we hele stukken van ons verleden? Wat weet hij nu zelf van zijn baby- en peutertijd? Zogoed als niets. Hoe zou hij zich dan iets herinneren van daarvoor? Verhalen genoeg over mensen die zich vorige levens herinneren. Maar zijn dat echte herinneringen of fantasieën? Wat als Rani hem onbewust deed denken aan een meisje uit een fotoboek over Bharata Natyam? Hoe romantisch van hem om meteen te besluiten dat hij haar herkende uit een vorig leven. En toch... Telkens hij haar had zien dansen, was hij weer helemaal zeker van zijn stuk.

En hijzelf? Was hij ooit een Indiase kalaripayatkrijger? Of een beroemde mridangaspeler? *En jij mijn nattuvanar zeker?* Hij hoort het Rani nog zeggen. Dat zou natuurlijk prachtig zijn: hij haar nattuvanar. Jarenlang zou hij haar opgeleid hebben. Toch als dat vorige leven vóór de twintigste eeuw had plaatsgehad. En daarna zou hij haar bij elk optreden op de cimbalen begeleid hebben als hoofd van haar orkest. Hij glimlacht om die gedachte. Nog leuker zou het zijn dat hij haar beschermheer was geweest, bedenkt hij. Een of andere jongeman, lid van het koninklijk hof, de zoon van een maharadja misschien, waarom niet... Dan kon hij altijd voor haar zorgen en ook met haar vrijen en kinderen bij haar hebben. En toch zouden ze niet samenwonen. Hij zou haar alleen opzoeken als hij er zin in had en zij zou natuurlijk altijd blij zijn hem te zien. Ze zou ook goed opgeleid zijn en hij zou diepzinnige gesprekken met haar kunnen voeren. Ze zou voor hem zingen en op haar snaarinstrument spelen en als hij dat graag wou, zou ze ook voor hem dansen. Voor hem alleen. En thuis, in het paleis, zou zijn eigen vrouw op hem wachten. Ze zou hem zijn bezoekjes aan de devadasi die onder zijn hoede stond helemaal niet kwalijk nemen, dat hoorde nu eenmaal zo. De hemel op aarde! Naar het schijnt bestaat die alleen maar in onze fantasie, grinnikt hij. Hij maakt de mail van Rani weer zichtbaar op het scherm. Dat is belangrijk, vermaant hij zichzelf, even ernstig nu, Bram Laforce.

Hallo Rani,

Mijn vader denkt dat het hele idee van wedergeboorte ontstaan is omdat mensen niet kunnen aanvaarden dat er na de dood niets meer is. Ik zal hem eens over je vaders visie vertellen, misschien heeft hij er wat aan.

Mijn moeder denkt dat onze ziel steeds opnieuw incarneert tot we in staat zijn alles te aanvaarden zoals het is. Daar bedoelt ze mee dat we ons tot niets in het bijzonder aangetrokken voelen en dat we ook van niets nog een afkeer heb-

ben. *Moeilijk maar niet onmogelijk, zegt ze. Als het zover is, worden we na onze dood opgenomen in het 'Eeuwige Zijn' waar alles uit voortgekomen is en waar alles weer naartoe gaat. Dat 'Eeuwige Zijn' is allicht hetzelfde als wat jouw moeder 'Het Zelf' noemt.*

Hoe gaat het trouwens met je? Hoe was je spreekbeurt? Ik zou het fijn vinden als we elkaar zouden ontmoeten na mijn Indiareis. Denk je dat het lukt?

Veel groetjes,

Bram

Een kwartiertje later is Rani's antwoord er al:

Hoi Bram,

Heel interessant wat je vader en moeder over reïncarnatie zeggen, maar hoe zie jij het?

Groetjes,

Rani

PS: Met mij alles kits. Spreekbeurt oké. Elkaar zien na je reis? Heel graag! Ik zeur mijn ouders de oren van hun kop. Wedden dat ze snel toegeven?
R.

Met een harde duw tegen het bureaublad rolt hij zijn stoel achteruit. Hij heeft opeens een onweerstaanbare behoefte aan beweging. Midden in de kamer neemt hij de paardenhouding aan, die van de stier, de slang, de kat. Hij neemt zijn kalaripayatstok uit zijn kleerkast en bevecht een kring van denkbeeldige tegenstanders.

Maar hoe zie jij het? Net alsof zij haar eigen visie opschreef! Hij zal het haar eens vertellen hoe hij het ziet. Of denkt ze dat hij geen eigen mening heeft? Zonder te kijken zet hij de stok weer in de kleerkast, hoort hem omvallen. Laat maar vallen, denkt hij, kan mij wat schelen. Hij gaat weer zitten en klopt hard op het toetsenbord.

Mijn lieve, kleine rakhizusje,

Je kent mijn mening, maar voor het geval je die vergeten bent: jonge kinderen die iets heel bijzonders kunnen, hebben dat volgens mij in een vorig leven geleerd. Ik denk trouwens dat wij allemaal alleen maar allerlei dingen kennen en kunnen omdat we dat in een vorig leven leerden. Dat we ons niets meer van vorige levens herinneren, is geen bewijs dat we die niet hebben beleefd. Weet jij nog iets over je verblijf in dat kindertehuis in Chennai? Toch heb je daar bijna anderhalf jaar gewoond. Gelukkig zijn er foto's om dat te bewijzen.

Buiten is het plots hevig beginnen waaien. Enkele dode bladeren dwarrelen over de haag heen het grasplein over. Mussen schieten alle kanten op. De toppen van de populieren zwaaien heen en weer als rietstengels. Tegelijk gaat de storm in zijn hoofd liggen. Waarom was hij eigenlijk zo kwaad? Omdat dat kleine zusje van jou je terechtgewezen heeft, maat! En daar kun jij niet goed tegen, macho die je bent. Ha! Zijn kleine zusje wordt groot. Nog even en ze zijn aan elkaar gewaagd, dat doemeisje en hij. Zou hij haar vertellen... Ach, waarom eigenlijk niet. Zo ziet hij meteen of hij haar kan vertrouwen. 'Denk als een krijger, voel als een krijger, handel als een krijger', zou zijn kalaripayatleraar zeggen. Hij herleest zijn laatste zin: *Gelukkig zijn er foto's om dat te bewijzen.*

Wel, ik heb een foto van jou in mijn geest. Eén uit een vorig leven. Toen heb ik je in een Indiase tempel zien dansen, gekleed als tempeldanseres. Niet dat je er helemaal uitzag zoals nu, maar jij was het toch. Zoals je dat weleens in dromen hebt: je ziet iemand die absoluut niet op een vriend van je lijkt, maar toch weet je zeker dat het die vriend is.

Dat beeld van jou kwam in me op toen ik je voor het eerst zag in de stage. Is dat een bewijs dat reïncarnatie bestaat? Voor mij wel. Ik heb het alvast niet verzonnen. Ik zag je en hops, dat beeld kwam voor 'mijn geestesoog', zoals ze dat zo mooi zeggen. Nu tevreden?

Bram

PS: Wil je nu dat ik naar dat tehuis ga of niet? Indien wel, graag foto!

Zeer eerbiedwaardige rakhibroertje van me,

Heel tevreden! En ook verbaasd dat je me er niet eerder over vertelde. Morgen gaat de foto die je wilt meenemen op de bus. Die zuster heet Mary, las ik in mijn moeders dagboek, meer weet ik niet over haar. Zorg je ervoor dat mijn ouders niets over je bezoek aan het kindertehuis te weten komen? Hoe zal je het trouwens vinden? Ik durf hun het adres niet te vragen.

Rani

Hij grinnikt als hij haar aanhef leest. Ergens wel verdiend moet hij toegeven. Jammer dat Rani verder niet reageert op zijn bekentenis. Hij besluit het er niet meer over te hebben. Gewoon antwoorden op haar laatste vraag lijkt hem het beste.

Geen probleem, Rani! Zuster Mary is lid van de orde van de Missionarissen van Naastenliefde van Moeder Theresa. Dat weet ik omdat ze een witte sari met een blauwe boord draagt. Volgens mij is er maar één kindertehuis van die orde in Chennai. Ik zoek wel uit waar het is.

Bram

PS: Maak je geen zorgen, ik zwijg als een graf.

***

Ze haalt meteen de foto uit het album. Zou zuster Mary nog in het tehuis werken? Zou ze nog weten wie zij is? Ze stopt de foto in een briefomslag, schrijft het adres van Bram erop. Nog een postzegel opplakken en hij kan op de bus. De eerste stap in de zoektocht naar haar moeder. Spannend!

Hé hé, wat een namiddag. Ze heeft er een beetje hoofdpijn van gekregen. Ze staat op, trekt het kruis van haar spijkerbroek omlaag, gaat een paar keer door de knieën om de stramheid uit haar benen te krijgen. De kaarsjes bij het Krishnabeeldje zijn bijna opgebrand. Ze blaast ze uit en geniet van de geur die uit de wieken omhoogkringelt. Heerlijk. Doet aan Kerstmis denken. Dat is al binnen een tiental dagen. Wanneer zou ma de boom zetten? Wanneer moet ze eigenlijk voor het eerst gaan trainen in de studio van juf Sallie? Zal ze volgende keer wel te horen krijgen. De laatste dansles voor de kerstvakantie al. Ze heeft niet veel bijgeleerd sinds de stage, vindt ze. De volwassenen die aan de cursus deelnemen, houden de boel geweldig op. Gelukkig stelde juf Sallie voor haar een paar keer privéles te geven tijdens de vakantie. Ze wil haar een nieuwe dans aanleren met het oog op een voorstelling tijdens de Aziëbeurs. Rani rilt van opwinding bij het vooruitzicht binnen twee maanden op te treden in Brussel. Samen met nog drie van mijn beste leerlingen, had juf Sallie gezegd. De juf vindt haar dus ook heel goed. Daar is ze best trots op!

Kwart voor vijf. Ze kan nog een spelletje spelen tot het tijd is voor het avondeten. Voor ze haar mailprogramma afsluit, herleest ze nog eens de mailtjes van Bram. *Mijn lieve kleine rakhizusje.* Wat een pretentie! Dat heeft ze hem goed betaald gezet. Wat denkt die Bram wel? Het is niet omdat hij in de kerstvakantie vijftien wordt, Engels kent, veel meer over India weet dan zij, kalaripayat beoefent, mridanga speelt, de zoon van een ambassadeur en van een kunst-ik-weet-niet-wat is, in een chic herenhuis in Brussel woont en straks naar Chennai vertrekt dat hij moet denken dat hij meer waard is dan zij! Een opsomming om buiten adem van te geraken! Tevreden, had Bram gevraagd. Jawel, rakhibroertje van me! Eindelijk heb je me in vertrouwen genomen: je kent me uit een vorig leven. Ze wappert zichzelf wat koelte toe met de rolkraag van haar trui, zo warm krijgt ze het bij dat idee. Jammer dat zij geen foto van hem in haar geest heeft. Hoe zou hij er toen hebben uitgezien? Was hij een Indiër? Een hoge Britse piet die door de maharadja uitgenodigd was tijdens een feest waarop zij voor hem danste? De maharadja zelf?

Ze probeert of ze al een staartje kan maken in haar haren. Bijna. Tegen dat hij terug is, lukt het misschien. Straks gaat hij voor haar in het reusachtige Chennai op onderzoek uit. Een beetje zoals Rama achter het gouden hert aanging voor Sita. En ik blijf lekker thuis in mijn magische cirkel, denkt ze. Geen mens, dier of demon die me wat kan doen! Knus hoor, zo'n magische cirkel. Welke mantra gebruikte Rama-Bram? 'Ik zwijg als een graf.'

Hij zwijgt als een graf. Niemand komt te weten dat haar zoektocht naar haar moeder van start is gegaan, daar hoeft ze zich alvast geen zorgen over te maken.

Ze pakt de bovenste strip van de stapel, die met het gescheurde kaftje, en gaat gezellig op haar bed zitten lezen. *'Krishna saves Draupadi, a tale from the Mahabharata'*. Het blijft vooral prentjes kijken. Ze ziet mannen met dobbelstenen spelen. Dan wordt een prinses bij hen gebracht die Draupadi heet. Een woest uitziende soldaat trekt aan haar sari. De prinses staat erbij met gevouwen handen, haar blik naar het plafond gericht waar in een wolkje een blauwe Krishna op zijn dwarsfluit staat te spelen. Naast de prinses wordt de saristapel alsmaar hoger. De soldaat wist zich het zweet van het voorhoofd, maar Draupadi staat nog altijd niet in haar blootje. Dat zal ook niet gebeuren, raadt Rani want *Krishna saves Draupadi*. Zou dat verhaal niet in het Nederlands bestaan? Ze klapt het boekje weer dicht en loopt naar beneden. 'Pa,' roept ze, 'waar ben je? Heb je in de winkel een exemplaar van de Maha...' Shit, nu kent ze dat woord niet meer! Terug naar boven dan maar. Ze neemt voor alle zekerheid het boekje mee.

***

Maandag. De eerste dag van de kerstvakantie. Het is stil in huis. Pa is aan het werk in de boekhandel, ma is op bezoek bij oma. Rani wacht tot het water in de elektrische waterketel gekookt is en maakt een kopje thee. Ze loopt ermee naar de woonkamer en nestelt zich in een fauteuil met haar boek. *Groot Heldenboek* is de titel. Er staan een vijftiental verhalen in uit alle delen van de wereld. Een ervan is de Mahabharata. Nadat pa uitgelegd had wat het woord betekent, kan ze het makkelijker onthouden. Maha betekent groot, zoals in *Maharani*[34], grote koningin, had hij gezegd en je moet de tweede a lang aanhouden: mahaaaaaaa. *Bharata* is de naam voor India, heel lang geleden. Je moet de klemtoon op de eerste lettergreep van die naam leggen en de 'h' goed aanblazen: Bhárata. Ze had het een paar keer herhaald: Bhárata, Bhárata, Bhárata en dan Mahaa-Bhárata. Nu zit het voorgoed in haar koker. Kan ze fijn mee uitpakken als ze

Bram terugziet.

Ze leest nog eens de volledige titel: *Mahabharata, het grote heldengedicht uit India*. Eerst eens kijken hoe lang het is. Twintig pagina's, dat is te doen. Al snel gaat ze helemaal op in het verhaal over de strijd van vijf broers en hun honderd neven om de heerschappij over het land Bharata. Ze leest in één ruk door. Als ze het boek dichtklapt, ziet ze dat ze bijna drie uur bezig is geweest. Een record! Stijf van het lange zitten, gaat ze staan. Hé, wat is dat? Ze voelt iets warms en vochtigs tussen haar benen. Het is toch niet waar, zeker? In paniek loopt ze naar het toilet en kijkt naar de rode vlek in haar slipje. Hoe kan dat nu? Ze heeft het helemaal niet voelen aankomen. Geen hoofdpijn, geen buikpijn, niets. Ze vouwt enkele blaadjes toiletpapier tot een dun pakje, trekt haar slipje weer omhoog en stopt het pakje erin. Haar spijkerbroek trekt ze uit. Geen vlekken op haar lievelingsbroek, stel je voor! Ze rent naar de slaapkamer van haar ouders, trekt de laden van de commode een voor een open. Dat ma nu net niet thuis is! Ha, hier, een pakje tampons. Zou ma geen maandverband hebben? Een tampon inbrengen vindt ze wel erg griezelig. Ze rommelt wild tussen haar moeders ondergoed. Ha, toch. Gauw een vers slipje, maandverband erin, spijkerbroek weer aan. Oef. Dat is in orde. Nu eerst de vlek uitspoelen. Ze staat helemaal te trillen. Weer voelt ze het warme natte gevoel. Raar, maar ergens ook wel aangenaam.

Nog een beetje beverig loopt ze naar de keuken en steekt het snoer van de waterketel weer in het stopcontact. Nu heeft ze echt behoefte aan een kopje thee. Het vorige is helemaal koud geworden, ze heeft er nauwelijks van gedronken. Ze giet het hete water op een builtje met bosbessensmaak en pakt een reep chocolade. Het is nog maar halfvijf en het begint al donker te worden. In de woonkamer knipt ze de lampjes van de namaakkerstboom aan en gaat weer in de fauteuil zitten. Stom dat ma en pa geen echte kerstboom willen, ze houdt zo van dennengeur. Even komt ze in de verleiding om Anna te bellen. Ah, nee, dat niet! Het clubje van vier kan haar worden gestolen en Anna ook. Stel je voor dat ze met die trutten zou aanpappen, dat zou pas een afgang zijn. En toch, denkt ze, en toch ben ik nu ook vrouw geworden, dat moet gevierd. Ze peutert het papier van de reep chocolade en neemt een grote hap. Mm, praliné. Heerlijk! In een keer eet ze de hele reep op. Morgen weer lijnen, neemt ze zichzelf voor, vrouw of niet. Wat een rare uitdrukking 'vrouw worden'. Het doet haar denken aan de titel van een ouderwets boekje dat ze eens in de bibliotheek bij de informatieve werken zag staan: *Van meisje tot vrouw.*

Vanaf nu kan ze kinderen krijgen! Je hoort het heel af en toe: verhalen over meisjes die op hun dertiende, veertiende moeder worden. Ze griezelt. Stel je voor! Daar is ze helemaal nog niet aan toe. Ook niet aan wat eraan voorafgaat. Ze denkt aan Bram. Zou hij 'het' al gedaan hebben? Vast niet. Al weet je maar nooit. Ze denkt aan hoe hij keek toen oma het over zijn verloren vriendinnetje had. Bij gelegenheid zal ze hem toch eens vragen hoe dat zit met dat vriendinnetje.

Ze hoort de voordeur opengaan. Hé, ze heeft helemaal geen zin om haar nieuws nu al te vertellen. Snel loopt ze de trap op, haar boek onder de arm geklemd. 'Dag ma, ik moet dringend plassen, tot straks!' roept ze zonder zich om te draaien. In het toilet wacht ze even en trekt dan door. Ze vist het pakje maandverband van de vloer, haalt in het voorbijgaan haar natte slipje uit de badkamer en brengt beide naar haar eigen kamer. Daar schopt ze haar pantoffels uit en gaat languit op haar bed liggen. Als ze een uurtje later haar vader hoort binnenkomen, knipt ze het licht aan, kamt haar haren achter haar oren en doet haar zilveren oorbellen in. We hebben een nieuwe verjaardag te vieren, denkt ze. De dag waarop ik vrouw werd! Met een gilletje van verrassing bedenkt ze dat het vandaag Brams verjaardag is. Dan loopt ze de trap af, een triomfantelijk trekje om haar lippen.

***

Als ze die avond in bed stapt, krijgt ze toch krampen. Ma had haar ervoor gewaarschuwd en gezegd dat ze dan maar een warmwaterkruik moest vullen en op haar buik leggen. Ze blijft nog een tijdje liggen en hoopt dat het vanzelf zal overgaan. Het vooruitzicht uit haar warme bed te moeten komen is niet erg aantrekkelijk, maar uiteindelijk doet ze het toch. Terwijl ze de trap afloopt, hoort ze de zware basstem van haar vader. Daartussendoor hoort ze… hoort ze het goed? Haar moeder lijkt wel te huilen!

Zo stil mogelijk gaat ze de houten trap verder af, ze stapt aan de zijkanten om elk gekraak te vermijden. Op haar tenen loopt ze naar de woonkamerdeur. Haar hart bonst in haar keel. Stel je voor dat een van beiden nu even naar het toilet moet!

'Je maakt je te veel zorgen, lieverd', hoort ze pa zeggen. 'En het moet nu ook niet direct gebeuren, maar we moeten er toch werk van maken. Armand zal ons wel verder kunnen helpen.'

Ze hoort hoe ma haar neus snuit. Ze spreekt zo zacht dat Rani nauwelijks kan horen wat ze zegt. '… te jong, vind je dat echt…'

Ze hebben het over mij, denkt ze. Waarvoor vindt ma me nu weer te jong?

'Als we te lang wachten, zal ze het ons later kwalijk nemen', zegt pa.

'Maar… niet wachten tot ze…'

Iemand verschuift een stoel. In paniek rent Rani de trap weer op zonder op te letten waar ze stapt. Als ze dat maar niet gehoord hebben! Op de overloop blijft ze staan luisteren, maar ze hoort alleen pa's stem en het suizen van het bloed in haar oren. Trillend loopt ze de badkamer binnen en vult de rubberen kruik aan de warmwaterkraan. Naar de keuken durft ze niet meer.

Even later ligt ze met de kruik op haar buik in het donker te staren. Na een tijdje kan ze aan de overkant de omtrekken van haar bureau en haar boekenkast onderscheiden. Een lichte vlek verraadt waar het Krishnabeeldje staat. Waar hadden haar ouders het over? Wat houden ze voor haar verborgen tot ze… tot ze veertien is? Is het dat wat haar moeder wilde zeggen? Dat is verdorie nog vijf maanden! Zo lang houdt ze het niet uit! Zij moét te weten komen waar het over gaat, maar hoe? En wat heeft Armand hiermee te maken? Misschien kan Bram dat voor haar uitvissen. Maar ook dat duurt nog twee volle weken, langer misschien. Pa en ma vinden het goed dat Bram hier een weekendje komt logeren, maar wanneer staat nog niet vast.

Wat een gedoe opeens. Voor een keer dat ze rustig een boek zit te lezen! Eerst haar allereerste menstruatie, nu dat geheimzinnige gesprek. Weg is haar gevoel van veilig in een magische cirkel te zitten.

Nu probeert er toch een demon me te ontvoeren, denkt ze. De demon van nieuwsgierigheid. Maar dat zal hem niet lukken! Morgen ga ik lekker dansen bij juf Sallie en voor de rest zien we wel. Ze draait zich met haar gezicht naar de muur, krult zich op als een foetus, de kruik met beide armen tegen haar buik geklemd. De warmte doet deugd, doordringt haar hele lichaam. Kom maar, liefje, zegt Bram terwijl hij steeds kleinere rondjes rond haar zwemt, kom maar. Ze kijkt of je door het wateroppervlak haar blote borstjes kunt zien. Nu is hij vlakbij. Ze duikt plagerig onder hem door en voelt zijn blote piemel over haar ruggengraat glijden. Als ze weer bovenkomt, kijkt ze in de guitige ogen van een breed lachende dolfijn.

***

Rani zit wrokkig voor zich uit te staren. Ze wilde gewoon met de trein gaan, maar nee, ma moet en zal haar brengen. De hele rit zegt ze geen woord. Ma ook niet. Lastig is dat. Ma is altijd de eerste om een ruzie tussen hen bij te leggen. De stilte werkt op haar zenuwen. Ze kijkt vluchtig opzij. Haar moeder is bleek, haar ogen zien rood. Zou ze vanmorgen weer hebben gehuild? Wat is er toch aan de hand?

'Ik hoop maar dat we dicht bij de studio kunnen parkeren', zegt ma. 'Heeft juf Sallie daar niets over gezegd?'

'Nee.'

'En jij hebt er natuurlijk niet aan gedacht haar dat te vragen!'

'Nee.' Rani's thermometer komt stilaan in het rood te staan.

'Als jij maar aan de deur wordt afgezet, ik moet verder mijn plan maar trekken!'

Dat is erover! 'Ik wilde helemaal nergens worden afgezet!' schreeuwt ze. 'Ik wou met de trein gaan! Maar dat mocht natuurlijk weer niet. Straks word ik nog aan de leiband gelegd!'

Tot haar schrik begint haar moeder te snikken. Ze klemt het stuur zo hard vast dat haar kneukels wit worden. 'Ma, houd op, straks verongelukken we nog!' Ze ziet hoe haar moeder vecht om weer controle over zichzelf te krijgen en een paar keer diep ademhaalt. 'Geen schrik,' snuift ze, 'we zijn er.' Ze parkeert de auto langs de stoep. Parkeerplaatsen zat!

Rani kijkt naar de huisnummers. De studio is aan de overkant. Ze blijft zitten, weet niet wat gezegd of gedaan. Ma snuit haar neus. 'Sorry,' zegt ze, 'maar het wordt me allemaal een beetje te veel.'

'Wat is er dan, ma?' Voorzichtig legt ze haar hand op haar moeders knie.

'Ach, mijn dochter wordt groot en daar kan ik niet zo goed tegen. En met oma had ik gisteren weer ruzie. Niets ernstigs,' voegt ze er gauw aan toe, 'het komt alleen een beetje ongelegen.'

'Ruzies komen altijd ongelegen.'

'Vind jij dat ook? Zullen we er dan maar een eind aan maken?'

'Graag!' Opgelucht geeft ze ma een zoen. 'Tot binnen anderhalf uur?' vraagt ze.

'Tot binnen anderhalf uur. Veel plezier!'

Als Rani aanbelt, opent de voordeur automatisch. Ze loopt een lange gang door. Aan het einde daarvan ziet ze een open deur. Ze stapt binnen in een ruime danszaal met houten vloer en een spiegelwand. 'Kleed je maar om,' hoort ze juf Sallie roepen, 'ik kom zo.' Rani doet wat haar gezegd wordt. Ze is blij te kunnen trainen. Even geen gezeur aan haar hoofd. Er gaat een deur in een zijwand open. Daar is juf Sallie, ook in oefenkledij.

'Dag Rani', knikt ze. 'Laten we gauw beginnen, we hebben veel te doen.' Ze neemt meteen de beginpositie in, stampt een keer met haar rechtervoet op de grond, dan een keer met haar linker. De groet aan de aarde. Rani doet met haar mee.

'Ik wil je *alaripu*[35] leren', kondigt juf Sallie aan. 'Dat is wat we in Bharata Natyam een pure dans noemen, een dans zonder specifieke betekenis. Men beweert dat de adavoes waaruit hij bestaat, de meest geliefde danshoudingen zijn van de god Shiva. Daarom is het na de dans voor Ganesha de eerste dans van het repertoire. Armen zijwaarts heffen op schouderhoogte, mooie boog vormen, goed door de knieën zakken.'

Als ze anderhalf uur later warm van het oefenen in de auto stapt, kent ze al een heel stuk van de dans.

***

Ma is vroeg gaan slapen. Pa zit in de driezits een stapel boeken door te nemen, zijn voeten op een stoel. 'Je pa wordt oud', had hij lachend gezegd, 'die lange werkdagen voor kerst doen mijn benen geen deugd.' Rani zapt van de ene tv-zender naar de andere. Niets interessants. Ze werpt een korte blik op haar vader. Hij ziet er moe uit. Dat is altijd zo in deze periode. Mensen zitten raar in elkaar, verzucht pa altijd, ze weten al een jaar vooraf wanneer het kerst is, maar wachten tot de laatste dagen om hun inkopen te doen. Zo eentje ben ik ook, denkt ze. Ze heeft nog geen enkel cadeautje en binnen twee dagen is het kerstavond. Dan komt oma naar hier om te vieren. Ze zet de tv uit.

'Pa?' Haar vader kijkt verstrooid op van zijn boek. 'Pa, weet jij waar ik ma een plezier mee kan doen? Ik heb geen idee wat ik voor haar zou kunnen kopen.'

'Een sjaal misschien?'

'Doe niet zo flauw, ik zoek iets leuks. Koop jij maar een sjaal voor haar.' Ze aarzelt even. Zou ze? Ach, waarom niet. Op pa kun je rekenen, die zal het heus niet aan ma vertellen. 'Pa, wat is er toch met ma? Ze is zo huilerig de laatste tijd. En zo rap boos.' Terwijl ze het zegt, krijgt Rani enorm medelijden met zichzelf, er rolt zowaar een traan over haar wang. 'Ze is altijd boos op me. Alles wat ik doe of zeg, is verkeerd. Ik kan er niet meer tegen.'

Met een zucht legt pa zijn boek neer, haalt zijn voeten van de stoel en gebaart dat ze daar moet komen zitten. 'Ma heeft het een beetje moeilijk de laatste tijd.'

'Ze vertelde me dat ze weer ruzie had met oma, wat is er toch tussen die twee?'

'Dat is een oud verhaal, Rani.'

'Dat zei oma laatst ook.'

'Heeft oma daar met jou over gesproken?' Pa kijkt verwonderd en opgelucht tegelijk.

'Dat was het enige wat ze zei. Niemand vertelt me ooit wat. Het is niet eerlijk. Ik ben geen klein kind meer, hoor!'

'Dat is waar. Alleen had ik liever dat ma of oma het je vertelde. Eigenlijk zou ma het je moeten vertellen.'

'Daar kan ik wel eeuwig op wachten, ma is zo gesloten als een graf.'

Pa zucht weer. 'Je ma is altijd bang iemand te kwetsen. Daarom is ze zo voorzichtig met wat ze wel of niet zegt. Dat geeft anderen soms het gevoel dat ze afstandelijk is, maar het tegendeel is waar. Ze is juist erg bezorgd om andermans welzijn. Een beetje té, soms.'

Dat laatste herkent Rani maar al te goed.

'Weet je nog dat ma het over problemen in de ziel had, toen we laatst bezig waren over reïncarnatie?' vraagt pa. 'Misschien is "problemen" niet het juiste woord. "Eigenschappen" is beter. We hebben allemaal wel een of ander vervelende trek. Ma is overbezorgd. Jij wordt rap kwaad. Ik heb meer aandacht voor wat in boeken staat dan voor wat er om me heen gebeurt.' Pa wrijft met beide handen over zijn voorhoofd alsof hij iets daarbinnen het zwijgen wil opleggen. Dan kijkt hij haar weer aan. 'Die vervelende kantjes van ons karakter zorgen weleens voor problemen. En die moeten we dan oplossen. Als we dat niet doen, blijven dezelfde dingen zich herhalen. Als we het wel doen, krijgen we meer inzicht in wie we zijn en begrijpen we ook beter waarom andere mensen doen wat ze doen. We voelen ons dan minder rap gekwetst door hun gedrag of minder rap boos. Begrijp je dat?'

Ze knikt.

Pa gaat staan. 'Ook zin in een kopje thee?' Hij loopt naar de keuken. Ze hoort hoe hij twee kopjes uit de keukenkast neemt. 'Lindethee?' roept hij.

'Ja, dat is goed.' De waterketel kookt al. Ze hoort de klik van de veiligheidsklep. Even later komt pa met twee dampende kopjes binnen.

'Kom, laten we aan tafel zitten, dat is beter dan in een luie fauteuil. Nu ik een serieus gesprek met mijn grote dochter zal voeren, moet ik er mijn verstand een beetje bijhouden. Het is een lang verhaal, dat van ma en oma.' Hij kijkt haar zo teder aan dat ze er verlegen van wordt. Dan begint hij te vertellen.

'Ik was al vijfentwintig toen je ma voor het eerst mijn boekhandel binnenstapte. Ik was meteen verliefd op haar. Ze zag er zo fris uit, zo écht, zo begerig om te weten ook en ze was heel mooi. Je hebt geen idee hoe mooi ze was.' Pa droomt even weg.

Was ik haar kind, dan zou ik nu vragen of ik op haar lijk, denkt

Rani, en ze voelt zich weer verdrietig. Gelukkig merkt pa het niet. Hij neemt een slokje thee en staart haar een beetje wazig aan. 'Ik heb wel heel erg mijn best moeten doen om haar voor me te winnen, bij haar was het duidelijk geen liefde op het eerste gezicht. Maar het is me gelukt! Een jaar later trouwden we met elkaar.'

'Was oma blij dat je met ma wou trouwen?' vraagt ze.

'Ach, je kent oma, nuchter als altijd. Ze was niet bijster enthousiast, maar ze was er ook niet tegen. Je opa mocht me heel graag en dat was wederzijds.'

Rani schrikt op. Dat is waar ook, haar opa leefde toen nog! Ze kan zich maar met moeite voorstellen dat oma ooit getrouwd was en kinderen had. Twee dochters. Er was vroeger meer leven in huis bij oma dan hier. Ma is een geluksvogel, denkt ze. Die had iemand van ongeveer haar eigen leeftijd om mee te spelen. Ik zit hier al jaren moederziel alleen. Weer heeft ze ontzettend medelijden met zichzelf.

Er schiet haar een nieuwe vraag te binnen, ze bloost. Bijna niemand merkt het als ze bloost, dat is het voordeel van een donkere huidskleur. Pa wel.

'Wat?' vraagt hij.

'Eh, niks, ik...'

'Komaan meid, voor de dag ermee!'

Ze aarzelt nog steeds, dan spuwt ze het eruit: 'Hebben ma en jij met elkaar gevrijd voor jullie trouwden?'

Pa schiet in de lach. 'Wat een geweldige dochter heb ik toch! Daar wou ik net over beginnen, maar ik durfde niet goed. En nu effen je zomaar de weg voor me.' Hij kijkt haar hoofdschuddend aan, dan wordt hij weer ernstig. 'Wel, ik wilde dat maar al te graag, maar ma hield al die tijd de boot af. Hoe dichter onze huwelijksdatum naderde, hoe zenuwachtiger ze werd. Drie maanden voor we zouden trouwen, vertelde ze me eindelijk wat er aan de hand was.' Hij pauzeert even en neemt nog een slokje thee. Rani durft niet te bewegen, zo bang is ze dat hij niet meer verder zal gaan. Maar dat doet hij wel.

'Het gebeurde op het verjaardagsfeestje van een vriendin. Ma dronk er iets te veel alcohol en vrijde nadien met een jongen die ze niet eens zo goed kende. Een tijdje nadien merkte ze dat ze zwanger was. Ze was pas vijftien toen en ze durfde het niet aan haar ouders te vertellen. Ze was vooral bang voor oma's reactie en ergens kan ik dat wel begrijpen.'

Rani probeert het zich voor te stellen: oma, jonger, misschien nog kordater dan nu en ma, een meisje nog, ma, die zelfs nu de felle reacties van oma nauwelijks aankan.

'Dus zocht ma hulp bij een oudere vriendin die haar ergens bracht waar ze de foetus wegnamen', vervolgt pa.

'Naar een abortuskliniek?'

'Helaas niet. Abortus was toen nog niet wettelijk toegestaan, enkele uitzonderingen daar gelaten. Je moeders vriendin bracht haar bij een vrouw die kort daarvoor ook bij haar een abortus had uitgevoerd. Alles was toen prima verlopen. Maar bij je moeder was dat niet het geval. Ze begon hevig te bloeden en haar vriendin belde tegen de zin van de vrouw een ambulance. Gelukkig maar. Je moeder werd in allerijl naar het ziekenhuis gebracht. Daar hebben ze de bloedingen kunnen stoppen en zo haar leven gered.'

'Maar zo kwam oma het toch te weten, natuurlijk.'

'Inderdaad. En sindsdien is het nooit meer echt goed gekomen tussen ma en oma.'

Rani zwijgt. Wat pa haar net vertelde, overrompelt haar. Zoveel gedachten in haar hoofd. Ook pa zwijgt. Zo zitten ze een tijdje stil bij elkaar. Ze staart naar de lichtjes in de kerstboom. 'Wat ik me afvraag,' zegt ze ten slotte, 'is waarom ma niet met jou wou vrijen. Jij had haar toch niet zwanger gemaakt?'

'Dat weet ik niet precies. Waarschijnlijk was het moeilijk voor haar om nog een man te vertrouwen na wat er gebeurd was. Maar ik moet bekennen dat ik me toen ook dezelfde vraag stelde. De situatie was helemaal anders. Ik hield van haar, wou met haar samenleven, een gezin stichten.' Er glijdt een pijnlijke trek over zijn gezicht, een trek die ze nog nooit bij hem gezien heeft.

Haar oorspronkelijke vraag schiet haar weer te binnen. Niet meer belangrijk, denkt ze, maar ze stelt hem toch. 'Hebben jullie dan toch nog gevrijd voor jullie trouwden?'

Pa lijkt weer ontspannen en plagerig. 'Dat hang ik lekker niet aan dat mooie neusje van je, nieuwsgierig aagje! Dat is iets tussen je moeder en mij.'

'Hé, wat flauw!' pruilt ze. En opeens boos: 'Als ik ooit met een jongen naar bed ga, vertel ik je er lekker ook niets over.'

'God beware me!' Pa rolt met zijn ogen. 'God beware me dat ik op mijn oude dag nog de bedverhalen van mijn dochter zou moeten aanhoren.' Hij schuift zijn stoel naar achteren en komt overeind. 'Einde verhaal', kondigt hij aan. 'En nu naar bed, weet je wel dat het intussen halftwaalf is? Al goed dat je morgenvroeg niet naar juf Sallie moet.' Hij loopt naar haar toe en geeft haar een kusje op de kruin.

'Nu begrijp je misschien beter waarom ma zich altijd zoveel zorgen maakt als jij het huis uitgaat, Rani. En waarom ze erop staat je te brengen en terug te halen, zeker als het om verjaardagsfeestjes gaat.'

Ja, dat begrijpt ze, ze begrijpt zoveel nu. Had ze dit verhaal maar eerder gehoord, dan had ze zich niet zo dikwijls aan ma geërgerd. Ze zegt het.

Daar is pa niet zo zeker van. 'Jij ergert je nu eenmaal gemakkelijk aan van alles en nog wat', antwoordt hij. 'Dat is een karaktertrek waarvan je moeder zou zeggen dat je ziel er vanaf wilt, is het niet in dit leven dan in het volgende.' Hij kijkt haar aan. 'Maar niet getreurd. Ik ben blij dat je nog niet volmaakt bent. Wat zou ik doen zonder mijn rap geërgerde doemeisje? Zonder jou zou ik in dit leven helemaal in mijn boeken verdwijnen en na mijn dood altijd maar moeten terugkomen om dat probleem op te lossen.' Hij drukt haar nog even tegen zich aan en duwt haar dan de deur uit. 'Laat je het licht in de gang branden,' vraagt hij zachtjes, 'ik kom zo naar boven. Eerst even de kopjes omspoelen. Slaap lekker, meid!'

Nadat ze haar tanden gepoetst heeft, laat ze ook het licht in de badkamer branden en loopt op haar tenen naar haar kamer. Daar kleedt ze zich om, slaat haar warme kamerjas om zich heen en trekt de gordijnen open. Het is een heldere nacht. Nu de straatverlichting uit is, kan ze de sterren goed zien. Eerst ziet ze er maar een tiental, dan steeds meer. Als ze zomaar wat naar de hemel staart, tonen de sterren zich veel sneller dan als ze er ingespannen naar op zoek is, heeft ze al gemerkt. Ze kijkt en kijkt. De donkerte lijkt almaar meer diepte te krijgen. Een siddering loopt over haar rug. Ze opent het raam, klemt haar kamerjas strak om haar hals en ademt diep de koude nachtlucht in.

***

Oma trommelt met haar vingers op de keukentafel. Trok, trok, trok. Trok, trok, trok. Trok, trok, trok. Haar gezicht ziet rood, alsof ze koorts heeft. Rani is er niet gerust in. Als oma nu maar geen toeval krijgt. Had ze maar niet…

'Het uur van de waarheid heeft geslagen', zegt oma plechtig. Zo doet oma altijd als ze zich geen houding weet te geven. Kon ze nu maar op een idee komen om de spanning tussen hen weg te nemen.

'De waarheid? Die komt uit de mond van oudjes, kinderen en gekken', zegt ze plompverloren. Een van oma's typische uitdrukkingen.

'En daarvan zitten er al twee aan tafel. Bovendien zijn ze allebei een beetje gek,' pikt oma aan, 'dat moet dus goed gaan.'

Even begrijpt ze niet wat oma bedoelt, dan stuift ze verontwaardigd op: 'Jij behoort misschien tot de eerste categorie, maar ik ben alvast geen kind meer!'

'Dat vertelde je moeder me ook al.'

'Wat? Heeft ma…?' Nu is ze pas echt kwaad. Hoe durft haar moeder ook maar aan iemand te vertellen… En dat zonder haar toestemming!

'Ho, ho, kalm maar! Heb jij je vader verteld dat je van plan was met mij te spreken over die abortus van je moeder?'

Daar heeft oma een punt. Natuurlijk heeft ze hem dat niet verteld. Laat staan dat ze hem gevraagd heeft of het mocht.

'Geen schuldgevoelens. Niets is schadelijker dan zelfkritiek en schuldgevoelens. Ik kan het weten want ik heb net een depressie achter de rug.'

Oef, oma is weer zichzelf.

'Laten we mijn geliefde oefening doen,' stelt oma voor, 'daar kunnen we alleen maar deugd van hebben. Ogen dicht en nu goed op alle geluiden letten. Eerst op de meest dichtbije, je ademhaling bijvoorbeeld. En dan op de andere, zover je maar kunt horen. Niets zeggen, alleen maar luisteren.'

Net als die keer met Bram erbij, denkt Rani, maar toen hebben we wel gepraat. Ze luistert hoe haar adem haar neus in- en uitkomt. Wat nog? Oma's ademhaling. Wat nog? De keukenklok tikt. Tamelijk luid zelfs. Dat ze dat daarstraks niet hoorde. Een ver getjirp. Oma schuifelt met haar voeten. 'Oké, dat volstaat. Waar waren we gebleven? Dus je vader denkt dat die abortus de oorzaak is van alle wrijvingen tussen je moeder en mij. Daar heeft hij natuurlijk gelijk in, al is de zaak iets ingewikkelder dan dat.' Stilte. 'Rani, je kent me, ik ben nogal een flapuit. Ik zeg wat ik denk en draai er geen doekjes om. Ik hoopte dat mijn twee dochters dat van me zouden erven. Dat ze ook altijd eerlijk zouden zeggen wat ze meenden. Dat ze niets zouden verzwijgen, toch niets belangrijks. Het was een klap in mijn gezicht dat je moeder me niet in vertrouwen nam. Ze wist toch dat ze bij mij terechtkon. Dat had ze moeten weten. Ik ben niet iemand die problemen uit de weg gaat. Ik had haar kunnen helpen. Wat mij betrof, mocht ze de baby gerust houden, ik zou er wel voor gezorgd hebben. Wat kon mij de mening van de rest van de wereld schelen? Als zij maar gelukkig was.' Oma krijgt tranen in haar ogen. Dat heeft Rani nog nooit gezien. 'En als ze het kind niet wilde houden, dan had ik er wel voor gezorgd dat ze bij een betrouwbaar iemand terechtkwam. Maar nee, ze wilde het zonder mij klaren. Met alle gevolgen vandien!'

Oma lijkt nog altijd boos om wat zoveel jaren geleden gebeurd is. Hoeveel jaar is dat eigenlijk precies? Ma is nu vijfenveertig. Toen was ze vijftien. Dertig jaar, dat is een eeuwigheid!

'Oma,' zegt ze, 'oma, als jij mijn mama was, dan zou ik je dat ook niet durven vertellen.'

'Wat? Waarom niet?' Oma kijkt verbaasd en ook een beetje verontwaardigd.

Ze aarzelt. 'Niet boos worden om wat ik nu ga zeggen, oma.'

'Dat kan ik je niet beloven, maar zeg het toch maar, ik bijt je heus niet.'

Rani zucht. Oma maakt het haar wel erg moeilijk. Vooruit dan maar, ze staat er voor, dus moet ze erdoor. 'Je bent zo', ze zoekt het juiste woord, 'zo fel, oma, zo geweldig, ik ben ook weleens bang voor je geweest.'

'Ben jij bang voor me geweest?' Oma's stem klinkt zachter nu.

'Ja, meer dan eens. Ik ben nu ook een beetje bang voor je. Je kunt heel kwaad kijken, hoor. En je hebt zo'n scherpe tong.' Dat laatste heeft ze van tante Ria.

Oma staart weer uit het raam. Waar denkt ze nu aan? Zei ze maar iets. Tot haar schrik ziet Rani dat er heel langzaam twee tranen langs oma's wangen rollen. Moeizaam gaat oma staan, loopt naar het raam en pakt de foto van haar en opa van de vensterbank. Dan gaat ze weer aan de keukentafel zitten en zet het kader voor haar neer.

'Dat zei je opa ook,' zegt ze stilletjes, 'dat ik veel te heftig op alles reageer. Je opa was een zachtaardig iemand, heel betrouwbaar. Jammer dat je hem niet gekend hebt.' Ze draait de foto naar Rani toe. Rani kijkt naar de grijzende man. Klein, ovaal gezicht, vriendelijke ogen.

'Ma lijkt op hem', zegt ze.

'Dat is zo. Gelukkig maar, anders had je nu een feeks van een moeder.'

'Oma!' In één twee drie staat ze naast haar grootmoeder. Ze wringt zich tussen haar en het tafelblad en doet iets wat ze in geen jaren meer gedaan heeft: ze gaat bij oma op schoot zitten en verbergt haar gezicht in haar hals. Rozenzeep en lavendel. Oma laat even begaan. Dan duwt ze Rani zachtjes van zich af.

'Ga maar weer op je eigen stoel zitten, mijn billen zijn helemaal geplet', zegt ze. Ze wacht tot Rani weer aan tafel zit.

'Wat zei ik daarnet? Geen zelfkritiek, geen schuldgevoelens! En nu zit ik mezelf toch weer op mijn kop zeker. Ach, telkens als ik iemand anders de les wil spellen, krijg ik hem zelf voorgeschoteld.' Ze haalt even een hand door haar dunne spierwitte haar. 'Eén ding moet gezegd. Al die ellende heeft alvast iets goeds opgeleverd: jou!'

'Mij?'

'Ik weet niet of ik je dat mag vertellen, maar nu we toch bezig zijn... Dat je moeder geen kinderen kan krijgen, is het gevolg van die mislukte abortus. En dat had dan weer voor gevolg dat je ouders ertoe besloten om een kindje te adopteren.'

'Omdat jij hen op dat idee bracht!'

'Inderdaad, zo zie je dat ik toch iets goeds gedaan heb in mijn leven!'

Rani wordt helemaal warm van de manier waarop oma naar haar kijkt.

'Je bent de liefste oma die er bestaat,' zegt ze, 'niemand heeft zo'n lieve, felle, hevige oma als ik.'

'Ach, kind, ik ben nu eenmaal wie ik ben. En niemand kan over mij zeggen dat ik half-half ben. Dat is ook een kwaliteit: uit één stuk zijn. En ik denk – wat zeg ik – ik ben er zeker van dat jij ook zo bent. Zullen we daar op klinken?'

Lachend tikken ze hun kopjes tegen elkaar, zo hard dat de thee erin overboord kletst.

'Zo,' besluit oma, 'dat hebben we mooi opgelost onder ons drietjes', en ze geeft een kusje op het glas aan opa's kant voor ze de foto weer op de vensterbank zet.

'Ga nu maar, ik heb nog een en ander te doen. Vraag je je moeder of ze deze namiddag eens bij me langsloopt, wil je? Ik kan dat maar beter meteen afmaken. Misschien krijgen we dan eindelijk weer eens een echt kerstfeest, morgenavond.'

'Een echt kerstfeest?'

'Vrede op aarde voor alle mensen van goede wil, weet je wel? En Rani, een goede raad: vertel je vader dat je me op de hoogte bracht. Je zult je er beter door voelen, echt.'

***

Weer is het stil in huis. Weer is ma naar oma. Laat het deze keer anders zijn, denkt Rani. Laat het deze keer in orde komen tussen die twee. Automatisch staat ze op en gaat een wierookstokje aansteken bij het Krishnabeeldje. Zou u daarvoor kunnen zorgen, Heer Krishna, vraagt ze in gedachten. Ze voelt zich rusteloos. Was ze nu maar een vliegje, dan ging ze op de lamp boven oma's keukentafel zitten. Of nee, een engel, dan kon ze oma of ma iets influisteren als dat nodig mocht zijn. Engelen bestaan niet, denkt ze. Toch niet zoals wij bestaan. Krishna ook niet. Het kerstkind ook niet. En toch voelt het alsof ze wel bestaan. Is dat omdat ze zoveel verhalen over hen hoorde? Of omdat zoveel mensen in hun bestaan lijken te geloven? Waarom voelt ze zich beter door nu een wierookstokje aan te steken? Waarom voelt ze zich blij telkens als ze kerkklokken hoort luiden? Waarom houdt ze zo van rituelen? Heeft het met haar Indiase afkomst te maken? Zit het in haar genen?

Ze denkt aan de foto van haar eerste communiefeest, haalt het album boven. Foto zeventien. De kopie van ma's aantekening zit erbij. Ze herleest nog eens wat ma opschreef.

... Weet je eigenlijk al welke tweede voornaam de zusters je gaven: Elisabeth. Ze konden het niet laten om ook je naam te 'kerstenen'...

Kerstenen. Dat zal wel zoiets betekenen als christelijk maken. Rani Elisabeth Debaere. Wat zou haar echte familienaam zijn? Ze probeert zich weer het beeld van de slanke, donkere vrouw op de lege stoel naast haar op de foto voor de geest te halen. Dat lukt natuurlijk niet. Zou Bram al naar het kindertehuis zijn gegaan? Is hij iets te weten gekomen over haar moeder? Nog anderhalve week voor hij terug is! Ze durft hem er niet over te mailen, al vertelde hij dat hij zijn mails kon ophalen op de computer van zijn 'oom' Amrit bij wie hij logeert. Het lijkt haar veel te riskant. Je kunt nooit weten wie er over zijn schouder meekijkt. Dat 'neefje' van hem bijvoorbeeld. Ze kan natuurlijk ook een heel neutrale mail sturen. Hij zal haar echte vraag wel raden. Dat ze daar niet eerder aan dacht! Meteen doen. Ze typt Brams naam in het bovenvakje en als onderwerp gewoon: hallo.

Hoi Bram,

Hoe maak je het in Chennai? Is het daar nu erg warm? Wat doe je er allemaal? Zijn jullie al naar Kalakshetra geweest? Al veel dans- en muziekvoorstellingen gezien?

Ik ga in de kerstvakantie om de twee dagen oefenen in de studio van juf Sallie. Ik leer nu een nieuwe dans: alaripu. Hij is kort en er zitten heel snelle delen in. Het gaat goed vooruit nu ik alleen ben om te oefenen. Juf Sallie wil me nog het begin van tillana[36] leren. Dan ben ik klaar om op de Aziëbeurs eind februari mee te dansen met andere leerlingen van haar. Die beurs gaat ergens in de omge-

ving van Brussel door. Ik hoop dat je komt kijken. Veel plezier nog ginder. Doe de groeten aan je ouders. Tot binnenkort.

Rani

Zo, hopelijk antwoordt hij snel. Even surfen en kijken wat er nu allemaal te doen is in Chennai. 'Chennai + muziekfestival' typt ze in het zoekvakje. Niets over het decemberfestival. Dan maar in het Engels. Waw, een blad vol! Ze klikt de eerste site aan. '*Madras*[37] *music season*' staat er bovenaan. Hé, ze gebruiken de oude naam voor Chennai. Het is vast een heel oud festival. '*Over 1000 performances*', leest ze. Meer dan duizend voorstellingen! Dan kunnen Bram en zijn ouders wel dag en nacht optredens gaan bekijken. Weinig kans dat hij tijd heeft om naar het kindertehuis te gaan. Ontmoedigd sluit ze haar computer af. Ze kan maar beter op cadeautjesjacht gaan. Ze neemt een deel van haar spaargeld uit het blikken doosje op haar bureau, loopt naar beneden en legt een briefje op tafel om ma te verwittigen dat ze de stad in is.

***

Met de fiets is ze zo in het centrum. Wat een drukte! Drommen mensen verdringen elkaar in de grote winkelstraten. Kerstmuziek schalt uit de luidsprekers. Voorzichtig laveert ze tussen de auto's en de andere fietsen, moet plots uitwijken voor een man die zonder omkijken naast de stoeprand stapt en half in de goot, half op de weg verder loopt. Gauw een zijstraat in. Ze heeft geen idee waar ze naartoe wil. Een cadeautje vinden voor oma, pa en ma is ieder jaar weer een probleem. Laat ik eerst iets zoeken voor Bram, denkt ze ineens, die komt toch in januari. Dat ziet ze wel zitten. Zo snel ze kan, rijdt ze naar de wereldwinkel, sluit haar fiets – goed dat je daaraan denkt, feliciteert ze zichzelf – en opent de deur. Het is er schemerdonker en stil. Geuren van wierook en sandelhout. Een vrouw met lang krullerig haar komt kijken wie er binnengekomen is. Rani loopt langs de rekken met uitheemse kleren. Ze voelt aan de stof van een jurk, haalt een bloesje van de metalen stang.

'Kan ik je ergens mee helpen?' vraagt de vrouw. Ze heeft vriende-lijke ogen.

'Ik zoek een cadeautje voor een vriend. Hebt u hier ergens Indiase godenbeeldjes staan?'

'Hierheen', wijst de vrouw en ze brengt haar naar een schaars verlichte vitrinekast. Rani herkent onmiddellijk een aantal beeldjes van Shiva en Ganesha. Ook Krishna staat er. Er staan ook afbeeldin-gen van goden die ze niet kent.

'Zeg maar welke je van dichtbij wilt bekijken, dan haal ik die er even uit', zegt de vrouw. Ze heeft een vreemd parfum op, een menge-ling van verbrand hout en nog iets wat Rani niet kan thuiswijzen.

'Mijn vriend speelt trom. Ik weet dat er in India een godin is van de muziek, maar ik ben haar naam vergeten. Zou u daar een beeldje van hebben?'

'Saraswati', antwoordt de vrouw. 'Godin van muziek en poëzie. Beeldjes van haar zijn tamelijk zeldzaam hier, maar je hebt geluk, ik heb er net eentje binnengekregen, kom het maar eens bekijken in het licht.' Ze haalt het beeldje uit de vitrinekast en zet het op de toonbank. De godin zit in lotushouding, een snaarinstrument op de rechterknie.

'Hoe duur is het?' vraagt Rani. De prijs valt mee. 'Ik neem het', beslist ze en schuift het beeldje een beetje opzij van de toonbank, weg van de glazen plaat waaronder allerlei kleine snuisterijen uit-gestald staan. Ze stoot bijna tegen een houten juwelendoosje. Hé, dat is misschien iets voor ma. Er staan er vijf, elk in een andere kleur. Ze tilt er eentje op, doet het deksel eraf. Zo licht! 'Hoeveel kosten die doosjes?' vraagt ze. De vrouw noemt verschillende prijzen afhanke-lijk van het formaat. Rani kiest een rood-groen exemplaar uit. Zo. Nu nog oma en pa. Die twee zijn altijd de moeilijksten. Achter haar gaat de deur open.

'Ik kijk nog even rond', zegt ze. Hoe dieper ze de winkel ingaat, hoe donkerder het wordt. Ze stoot een hoop kussens omver. Hé, dat is een idee! Oma klaagde er vorige keer over dat het hare stilaan versleten raakt. Een voor een neemt ze de kussens van de hoop en stapelt ze vlakbij weer op elkaar. Het laatste bevalt haar het meest: donkerblauwe lotusbloemen op een zilvergrijze achtergrond. Dat zal oma wel mooi vinden. Fantastisch, nu pa nog. Ze draait zich om en staat oog in oog met Anna.

'Rani. Rani, wat goed dat ik je hier... Het spijt me dat ik je... Het spijt me echt.' Anna stottert ervan. Rani zwijgt. Ze is nog steeds boos op Anna. Hoe ze haar voor schut zette voor de hele klas, dat was...

'Dat was echt gemeen van je', zegt ze, luider dan nodig.

Anna slaat even haar ogen neer. 'Ik wil het goedmaken,' mompelt ze, 'zeg me hoe ik het goed kan maken.'

Maar Rani laat zich niet zo gauw vermurwen. 'Kletskous, hoe kon je die rotmeiden dat verhaal vertellen!'

Anna maakt een vaag gebaar met haar handen. Ze kijkt zo ongelukkig dat Rani nu toch een beetje medelijden met haar krijgt. 'Ik bel je op na kerst,' belooft ze, 'dan spreken we eens af. Ik zoek nog een cadeautje voor mijn vader, het kan nog wel even duren.' Anna begrijpt de boodschap en loopt de winkel weer uit zonder iets te kopen.

Terwijl de winkeldame haar geschenkjes mooi inpakt, kijkt Rani naar de oorbellen en armbanden onder het glazen blad. Plots ziet ze iets waar ze haar vader zeker een plezier mee kan doen: een ivoren papiersnijder met aan de bovenkant fijn uitgesneden olifantjes. Zal wel erg duur zijn. Maar ook dat valt mee. 'Hij is niet van ivoor maar van been,' verklaart de vrouw, 'vandaar.'

Hé, wat goed, nu heeft ze voor iedereen iets. Ze stopt het beeldje, de papiersnijder en het juwelendoosje in haar rugzakje, het kussen voor oma bengelt in een plastic zak aan haar stuur. Vijf uur al. Hoe zou het met ma gegaan zijn? Ze voelt zich opeens onbehaaglijk. Zou ma boos zijn over wat ze oma vertelde?

***

Een kwartiertje later loopt ze met een klein hartje de keuken binnen, haar cadeautjes liggen al onder de kerstboom. Het is vreemd stil: geen potten op het vuur, geen kookgeurtjes. Ma staat bij het raam en draait zich om als ze binnenkomt.

'Ha, daar ben je,' zegt ze, 'ik heb op je gewacht. Wil je een kopje thee?'

Zonder een antwoord af te wachten vult ze twee kopjes met heet water. Ze zet er een doosje met theebuiltjes en een pot honing bij.

'Ga zitten, Rani, wij moeten ook dringend eens praten, niet?'

Het klinkt niet boos, maar Rani voelt zich toch niet op haar gemak.

'Pa en oma hebben me verteld wat je van hen te horen kreeg. Mijn beurt nu.' Ma aarzelt. 'Ik ben hier niet erg goed in, Rani, het zou helpen als je me vragen stelde.'

Ho, dat is moeilijk. Ze vraagt dan maar hoe het tussen oma en ma gegaan is die middag. Dat is het enige wat ze zo gauw kan bedenken.

'Het was niet makkelijk, maar ik ben wel blij dat het gebeurd is. En dat heb ik aan jou te danken. Hoe kwam je er eigenlijk bij om daar met oma over te gaan praten?' Het klinkt nog altijd niet boos, veeleer nieuwsgierig.

'Ik vind het zo vreselijk dat oma altijd zo op je kop zit. Ik snapte niet waarom. Als ik met haar alleen ben en we hebben het over jou, dan doet ze heel anders.'

'Is dat zo?'

'Ze zei een keer dat ze je dapper vindt.'

'Dapper! Vindt zij mij dapper? Ik zou niet weten waarom ze mij dapper zou vinden!'

'Ze zei dat ze het dapper van je vond dat je me je aantekeningen bij het fotoalbum liet lezen.'

'O, dat.'

'Ik vind het ook dapper van je.'

'Echt?' Ma kijkt zo ongelovig dat Rani zich helemaal wee voelt worden vanbinnen.

'Komt het nu in orde tussen jullie?'

'Dat zal wat tijd nodig hebben. En veel goede wil van beide kanten, maar die is er wel.'

'Dat snap ik', antwoordt Rani. Ze denkt aan wat er nauwelijks een uur daarvoor tussen haar en Anna voorgevallen is. Het zal nog wel even duren voor ze Anna weer vertrouwt.

'Daar ben ik blij om, ik was bang dat je zou verwachten dat alles meteen koek en ei is.' Ma kijkt haar onderzoekend aan. 'Rani, wil je

me niets vragen over wat er met me gebeurd is toen ik vijftien was?'
En dan: 'Laten we even doen alsof we twee vriendinnen zijn die met
elkaar zitten te kletsen over iets wat lang geleden gebeurd is.'
Rani weet niet hoe ze moet reageren.

'Zal ik twee staartjes maken?' Ma grijpt met beide handen een bos
krullen vast, een links van haar hoofd en een rechts. Rani schiet in
de lach.

'Nee, nee,' hikt ze, 'als het lang geleden gebeurd is, dan zijn we
nu allebei minstens twintig.' Ze gaat stijf rechtop zitten en trekt
haar gezicht in een ernstige plooi. 'Veronica, ik wilde je iets vragen
over...' Dan wordt ze echt ernstig. 'Ma,' vraagt ze, 'vond je het niet
erg om je kindje weg te laten halen?'

'Eerlijk?' vraagt ma.

'Eerlijk.'

'Nee, ik vond het niet erg. Ik kon maar niet geloven dat ik zwanger
was. Met mijn verstand besefte ik dat het zo was, maar het voelde
niet echt zo. Het leek net of ik een rol speelde. Die van een zwanger
tienermeisje in een of andere film. Begrijp je dat? Bovendien wilde
ik absoluut niet dat iemand het zou te weten komen. Ik nam alleen
mijn oudere vriendin in vertrouwen omdat ik wist dat zij hetzelfde
had meegemaakt.'

'Heb je er vooraf over gesproken met de jongen met wie...'

'Nee, ik gaf helemaal niet om die jongen, ik vond niet dat ik hem
ermee lastig moest vallen.'

'Knap!' Het kwam er zomaar uit. Ma kijkt een beetje verlegen. Rani
heeft zin om haar een dikke knuffel te geven, maar ze houdt zich in.

'Ma?' Ze aarzelt, vraagt het dan toch: 'Heb je nog met andere jongens gevrijd voor je pa leerde kennen?'

'Nee hoor, ik had mijn lesje wel geleerd!'

'Maar je kon toch de pil nemen.'

'Wat ben jij al wereldwijs, zeg! In mijn tijd... Maar dat bedoel ik
niet. Ik wist nu hoe het voelt om met een jongen te vrijen zonder
een band met hem te hebben. Dat voelde helemaal niet goed. Er was
iemand als je vader nodig om mij weer zover te krijgen.'

'Naar het schijnt heb je zijn geduld behoorlijk op de proef ge-
steld!'

'Heeft hij je dat ook al verteld? Nee maar!'

'Dat was ook het enige. Ik kreeg er verder niets meer over te horen. Daar was ik zo kwaad om…' – ze proest het uit bij de gedachte aan wat ze tegen pa zei – 'dat ik ermee dreigde hem ook niets te vertellen als ik ooit eens met een jongen zou vrijen! Belachelijk, hé?'

Ma lacht niet met haar mee. 'Rani, ik wil je iets vragen. Iets belangrijks. Als jou ooit zoiets zou overkomen, of iets anders dat je moeilijk vindt, wil je er dan met mij over praten? Je weet nu dat ik het zal begrijpen. En dan kunnen we samen naar de beste oplossing zoeken. Ik zou niet willen dat je meemaakte wat ik heb meegemaakt. En ik zou het vooral vreselijk vinden dat er tussen ons een breuk zou komen zoals tussen mij en je oma. Daar heb ik zo'n spijt van. Het is allemaal mijn schuld.'

Rani vliegt op. 'Dat is het niet! Het is net zo goed oma's schuld. Ze is ook altijd zo fel, logisch dat je het haar niet durfde te vertellen. En trouwens, oma zegt dat schuldgevoelens en zelfkritiek schadelijk zijn. Het is gewoon gelopen zoals het gelopen is.'

Ma kijkt haar verbaasd aan. Dan vraagt ze: 'Hebben we een afspraak, Rani?'

'Ja, ma, dat hebben we.'

'Daar ben ik blij om, heel blij!' En daar is hij opeens, de glimlach van op die foto van heel lang geleden. De glimlach waar Rani altijd een beetje om moet huilen. Nu houdt ze zich niet meer in. Met twee reuzenstappen is ze bij ma, knelt haar veel te hard in haar armen, voelt ma's hand over haar hoofd strelen.

'Rani, toch', hoort ze ma zeggen. 'Mijn lieve kleine meisje.'

Rakhizusje

Door het getraliede raam van het bureau van oom Amrit kijkt Bram hoe de eekhoorns in de tuin met elkaar aan het stoeien zijn. Ze klimmen in en uit de bomen, draaien langs de stammen, schieten heen en weer over het gras. Allemaal hebben ze drie brede strepen op hun rug. Die kwamen er toen Rama hen streelde omdat ze hem hielpen Sita te vinden, zo wordt verteld. Hij zucht. Wat moet hij zijn Sita antwoorden? Dat hij er niets van gebakken heeft in dat tehuis?

Hij had zich daar nochtans heel groot gemaakt, net als Hanuman toen die de sprong naar het eiland Lanka waagde. Zoon van de vorige ambassadeur van België, had hij gezegd toen de zuster-portier vroeg wie hij was. Was ze onder de indruk? Kwam het door de foto? In elk geval bracht ze hem onmiddellijk bij zuster Mary. Dat ging goed: direct bij de bron! Zuster Mary had een zwaar Schots accent en zag er erg streng uit, maar hij liet zich niet van de wijs brengen. Hij was hier met een missie en hij zou die tot een goed einde brengen. Hij wás nu Hanuman: dapper, sterk, trouw.

Hanuman had Sita's vertrouwen gewonnen door haar de ring van Rama te tonen. Hij toonde zuster Mary de foto van haarzelf met Rani op de arm. Hij had een vertederde uitroep verwacht, zo van: 'Och, daar heb je onze kleine Rani, wat is er van ons meisje geworden?' Maar zo was het niet gegaan. Zuster Mary bekeek de foto met nog altijd die strenge uitdrukking op haar gezicht, draaide hem om, las wat er geschreven stond en gaf hem toen met een beleefde glimlach terug. Helaas was het haar niet veroorloofd informatie aan derden te geven over de hen toevertrouwde kinderen, zei ze. Even was hij van zijn stuk gebracht, maar hij vermande zich. Zo autoritair mogelijk vroeg hij haar of zijn vader dan misschien Rani's dossier kon inkijken. Nee, er waren geen uitzonderingen op de regel. En Rani zelf? Zodra ze achttien was, kon ze alle informatie opvragen via het bureau dat de adoptie geregeld had. Wilde ze voordien iets te weten komen, dan kon dat alleen via haar adoptieouders. En daarmee was de kous af.

Had zuster Mary gemerkt hoe teleurgesteld hij was? Wou ze hem troosten? In elk geval gaf ze hem ongevraagd nog een rondleiding door het tehuis, voor ze hem uitliet. Aandachtig nam hij alles in zich op. Hier had Rani dus haar eerste levensjaren doorgebracht. Hij bedacht dat ze net zo goed in dit tehuis had kunnen opgroeien om daarna een moeilijk en armoedig leven te leiden in een van de achterbuurten van Chennai. Gelukkig werd ze geadopteerd door westerlingen, landgenoten van hem dan nog wel. Terwijl hij nauwelijks tien kilometer hiervandaan had gewoond, groeide zij ver van hier op. En toch hadden ze elkaar ontmoet. Heel bijzonder, toch. Alsof het de bedoeling was. Hij liep met zuster Mary door een rechthoekige ruimte die op dat moment dienstdeed als slaapzaal. Wel honderd kinderen tussen één en tien lagen op dunne matjes het verplichte middagdutje te doen. Sommigen richtten zich half op bij het zien van die vreemdeling. Eén blik van zuster Mary was voldoende om hen weer in een horizontale positie te dwingen. Daarna liepen ze naar de kapel en over de kale speelplaats naar de tuin. Onderweg nam hij foto's met zijn mobieltje. Als laatste toonde zuster Mary hem de grote gaarkeuken. Terug in de ontvangstkamer bood ze hem een kopje thee aan en vroeg hem wat hij van zijn verblijf in India geleerd had. Een echte schooljufvraag! Met nog altijd dezelfde beleefde glimlach op haar gezicht luisterde ze naar de woordenvloed die erop volgde. Was Rani even geïnteresseerd in de cultuur van haar geboorteland als hij, vroeg ze hem. Hij wist niet wat hij daarop moest antwoorden. Dat ze Bharata Natyam leerde dansen, zei hij dan maar. Op slag verdween de glimlach van haar gezicht. Ze keek hem ongelovig aan. 'De wegen des Heren zijn ondoorgrondelijk', verzuchtte ze. Ze ging staan: het onderhoud was ten einde.

'Mag ik u een goede raad geven?' vroeg ze terwijl ze hem naar de uitgang begeleidde. 'Zorgt u er alstublieft voor dat Rani zich niet al te vroeg in haar oorsprong verdiept. Dat is nergens goed voor. Meestal is de waarheid te pijnlijk voor jonge kinderen en met ouder worden vinden ze die zoektocht dikwijls niet meer nodig. Beter zo.'

Bram strijkt zijn haar naar achter en wuift zichzelf wat koelte toe. Hij vraagt zich af of zuster Mary iedereen die om informatie vraagt op dezelfde manier afschrikt. Of is er iets vreselijks aan de hand met Rani's moeder? Is ze een drugsverslaafde? Een hoer? Een misdadigster? En waarom reageerde de zuster zo vreemd toen hij haar vertelde dat Rani Bharata Natyamlessen volgde?

Weer denkt hij aan de dappere apengeneraal uit de Ramayana. Die slaagde in alles wat hij ondernam. Dat kan hij van zichzelf niet zeggen. Hanuman navolgen is blijkbaar geen garantie voor succes, denkt hij bitter. Dan slaat hij zijn hand tegen zijn voorhoofd. Wat een kortzichtige stommerik is hij toch! Hij heeft het helemaal verkeerd aangepakt! Hanuman maakte zich groot voor de sprong naar Lanka, maar eens ter plaatse maakte hij zich juist heel klein. Hij had zich klein moeten maken! Eens binnen had hij tegen zuster Mary niet zo uit de hoogte moeten doen, integendeel. Hij had haar moeten vertellen dat hij het vriendje van Rani was en dat hij haar dolgraag wilde helpen haar moeder terug te vinden. Als dat niet werkte, had hij zich nog kleiner moeten maken: haar smeken om hem toch een aanwijzing te geven, hoe miniem ook. Iets. Iets waarmee hij een beetje indruk zou kunnen maken op zijn vriendinnetje. Misschien zou dat haar vertederd hebben. Ja, dat had hij moeten doen. Nu heeft hij net het omgekeerde bereikt. Die verdomde neiging om de boel te forceren ook! Kwaad op zichzelf loopt hij naar de computer van oom Amrit.

***

Verveeld knabbelt Rani op een rijstkoek. Het pak dat ze meepikte naar haar kamer ligt half opengescheurd op haar bureau. Harde witte bolletjes op het blad en op de grond. Ze heeft niet ontbeten vanmorgen, voelde zich veel te opgeblazen na het uitgebreide kerstdiner van gisteravond. Zo voelt ze zich nu altijd na een feest: opgeblazen en verveeld. Lusteloos bladert ze door het boek dat ze van pa cadeau kreeg. Alle Krishnaverhalen. Ze keilt het op haar bed. Ze begint schoon genoeg te krijgen van die Krishna. Ma was ook al de Indiase toer opgegaan. Een stel zilveren armbandjes, acht om precies te zijn, vier voor elke arm. Alleen oma had zich niet laten meeslepen door de Indiagekte, zoals ze dat zelf noemde. Van haar kreeg ze zoals gewoonlijk een 'nuttig' cadeau: nieuwe fietszakken. Ook origineel! Nu ja, ze moet niet zeuren: een kussen behoort tot dezelfde categorie.

Het valt haar steeds meer op, hoe zij op oma lijkt. Niet van uiterlijk natuurlijk, maar in haar manier van doen. Gek is dat.

Ze kijkt nog maar eens of er geen nieuwe mails binnengekomen zijn. Niets. Zou Bram die van haar niet ontvangen hebben?

Ze loopt naar het raam. Weer geen witte kerst dit jaar. Ze is blij dat het etentje met oma achter de rug is. Pa deed zijn best om het allemaal een beetje vrolijk te houden, maar het bleef toch een geforceerde bedoening. Oma was iets te gul met haar lof over het lekkere eten en net als altijd wist ma zich geen houding te geven tegenover haar. Het heeft blijkbaar geen belang of oma nu kritiek of lof spuit. Moeilijk allemaal. Wat moet zijzelf trouwens met Anna? Ze heeft geen zin in een lange babbel. Wat moet ze Anna vertellen? Dat ze nu ook 'vrouw geworden' is? Dat ma op haar vijftiende abortus pleegde? Dat oma zich er na dertig jaar nog niet over heeft gezet dat ma haar toen niet om raad vroeg? Dat ze voor het eerst een gesprek van gelijke tot gelijke met ma had? Ze draait een rondje op haar bureaustoel. Daar is ze tevreden over, over dat gesprek. Eindelijk neemt ma haar ernstig. Ze beloofde zelfs haar best te doen om haar wat vrijer te laten. Nu ik weet dat ik je kan vertrouwen, zei ze. Rani is benieuwd. Ze mag alvast nog steeds niet met de trein naar juf Sallies studio.

Kom, jut ze zichzelf op: je staat ervoor, je moet erdoor. Ze neemt haar mobieltje en sms't naar Anna om af te spreken aan het zwembad volgende woensdag. Zo, nu is het aan Anna om erop in te gaan of niet. Zelf gaat ze er in ieder geval heen. Ze heeft zin om te zwemmen en misschien kunnen ze nadien nog iets drinken in de cafetaria. Beter dan bij een van hen thuis af te spreken, dat lijkt haar veel te intiem na wat er gebeurd is. Ze krijgt opeens zin in meer van dat: met iemand gaan winkelen, met iemand een eind gaan fietsen… Na een belrondje naar haar andere vriendinnen heeft ze voor elke dag dat ze niet naar de dansles moet een afspraakje. Ziezo, misschien wordt de rest van de vakantie toch nog leuk.

Gauw nog eens haar mailbox bekijken. Hip hoi! Eindelijk!

Dag Rani,

Ja, we zijn al naar Kalakshetra geweest, twee keer zelfs. Ik ging ook al naar de

bibliotheek maar vond er niet de informatie die ik zocht. Meer daarover als we
elkaar zien.

Groetjes,

Bram

Dus Bram is naar het tehuis geweest, maar niemand kon hem daar iets vertellen over haar moeder. Dat is wat ze uit zijn boodschap opmaakt. Haar hoofd lijkt plots vol watten te zitten. Ze kan zich best maar geen illusies meer maken. Zelf naar Chennai gaan zal ook wel niets opleveren. Het is trouwens helemaal niet zeker dat ze gaan. De enige aanwijzing daarvoor is dat zinnetje in ma's laatste aantekening. Als ma en pa van plan waren er deze zomer naartoe te reizen met haar, dan had ze daar toch al iets over gehoord zeker? Ach, het wordt allemaal niks. Met een zucht neemt ze pa's boek weer vast en begint erin te bladeren. Zoals altijd bekijkt ze eerst de prenten.

***

'Laten we nog eens de volledige dans doornemen', besluit juf Sallie terwijl ze de muziek opzet. Samen dansen ze alaripu.
'Nu jij alleen.'
Rani houdt wel van deze dans. Het begin is heel eenvoudig: je staat stil met gestrekte benen, alleen de armen zijn zijwaarts op schouderhoogte geheven en je maakt er kleine, ritmische bewegingen mee waardoor je handpalmen voorwaarts draaien en dan weer neerwaarts. Met je nek maak je schuifbewegingen naar rechts en naar links, je ogen volgen mee. Dan gaat de dans pas goed van start. Het ritme versnelt, de adavoes volgen elkaar op, steeds sneller en sneller. Plots een zegenende, bloemblaadjes strooiende beweging – heel sierlijk, vindt ze – en je blijft in de beginhouding staan terwijl de klanken vertragen. Einde dans.
'Goed', knikt juf Sallie. 'Kan ik erop rekenen dat je thuis blijft oefenen als ik je de muziek meegeef? Ik wil nu liever nog een paar keer het begin van tillana met je oefenen.'

Waw! Ze krijgt de muziek mee, fantastisch! Juf Sallie neemt al de beginhouding aan voor tillana. Snel doet Rani haar na. Ze blijven een hele tijd onbeweeglijk staan. 'Het is de bedoeling dat je je verbindt met het lied waarop je zult dansen zodat je in de juiste stemming komt', zegt juf Sallie. Rani probeert het, al weet ze niet goed wat de juf juist bedoelt. Dan volgen de eerste bewegingen. Ook weer alleen maar nek- en oogbewegingen. Schuin naar rechts stappen plus dezelfde nek- en oogbewegingen. Idem naar links. Nog eens naar rechts en links, maar nu sneller en dan nog eens. Een tussenstukje en dan weer hetzelfde, alleen de handhoudingen verschillen. Niks aan, vindt Rani. Ze herhalen alles drie keer, dan is de les alweer om.

'Wat volgt hierop?' vraagt ze. Ze durft niet te zeggen dat ze het maar een tam stuk vindt.

'Herken je deze dans niet?' vraagt juf Sallie. 'Ik danste die voor jullie tijdens de stage.'

Nu weet Rani het weer: het was de lange einddans die ze zo mooi vond met al die sprongen en draaibewegingen en halve cirkels.

'Precies', beaamt juf Sallie. 'Nu hebben we de inleiding doorgenomen. Die ga jij tijdens ons optreden samen met drie andere leerlingen dansen. Een van de anderen kent de hele dans al en terwijl zij verder danst, blijven jullie op de achtergrond staan in de beginhouding.' Ze schiet in de lach. 'Niet zo teleurgesteld kijken', zegt ze. 'Als het je kan troosten: jij mag alaripu solo dansen en dan maken de anderen deel uit van het decor. Hier heb je de muziek. Oefen maar flink.'

***

Eerst zien en dan geloven, denkt Rani. Anna had haar gezworen dat ze niets meer met de grote vier te maken wilde hebben, maar Rani vertrouwt het nog niet. Op de speelplaats trekt ze zelf op met Carole en haar andere vriendinnen. Kwestie van uittesten of Anna na een tijdje toch niet weer aanpapt met die snertmeiden. Maar dat doet Anna niet. Rani wordt milder, ze wil Anna wel weer een kans geven. Stilaan herstelt de band tussen hen. Toch is het niet meer zoals vroeger. Dat ligt niet alleen aan wat tussen hen is voorgevallen, ze is zelf veranderd in die korte tijd. Haar vriendschap met Anna is niet langer het middelpunt van haar leven. Sinds ze over de breuk heen is, voelt ze zich sterker, vrijer. Verrassing, verrassing: ook anderen hebben belangstelling voor haar. Niet alleen meisjes. Niet alleen jongens van haar klas. Vreemde jongens kijken haar na op straat. Ze voelt hun blikken, keurend, bewonderend. Spannend!

Je wordt een echte ijdeltuit, zei oma laatst toen ze haar voor de spiegel in de gang betrapte terwijl ze in de weer was met haar haren. Oma had er duidelijk plezier in: ze vertelde meteen over haar eerste afspraakje. 'Hij had puistjes,' grinnikte ze, 'en toen hij me op de mond probeerde te kussen, kwijlde hij. Bah.'

Rani griezelt. Tongzoenen! Het lijkt haar zo... zo onhygiënisch. Ze zou het met geen van de jongens die ze op de speelplaats ziet willen doen. Ook niet met de vriend van Lotte, een atletische jongen die zijn zwarte haar in een paardenstaart draagt en waar ze heimelijk een beetje verliefd op is. Maar ze zou het wel leuk vinden om een tijdje tegen hem aangedrukt te staan, zijn armen om haar heen, zoals hij dat soms met Lotte doet. En dan zou hij haar nek strelen, haar rug. Misschien zou hij een hand op haar billen leggen en met de andere een borst aanraken. Dat deed hij laatst bij Lotte, ze heeft het met haar eigen ogen gezien.

Allemaal verwarrende gedachten waar ze het met niemand over heeft. Ze menstrueert voor de tweede keer. Nu heeft ze net als Anna de dag daarvoor hoofdpijn en een ongemakkelijk gevoel in haar buik. Ze voelt zich ook prikkelbaar en huilerig en vraagt zich af of dat alleen maar de eerste keren zo is. Leuk is anders! Was het hierom dat de grote vier zich beter voelden dan de rest van de klas? Het mocht wat. Toch vraagt ze zich af wie 'het' al heeft. Niet dat ze van plan is neer te kijken op de rest. Nog even en de anderen horen er ook bij. Het geeft haar een opwindend gevoel van samenhorigheid, alsof ze met zijn allen samen op stap gaan. Alsof ze een nieuw leven gaan beginnen in een vreemd onbekend land. Een land vol avonturen en gevaren.

***

De opwinding blijft. Alsof er iets groots staat te gebeuren. Ze vraagt zich af wat dat wel kan zijn. Het optreden op de Aziëbeurs eind deze maand? De komst van Bram? Straks haalt ze hem af aan het station. Bram mag wél alleen komen met de trein. 'Bram is bijna twee jaar ouder en hij is een jongen', zei ma toen ze het er met haar over had. 'Bovendien is hij het reizen gewoon.' En hij is een jongen! Ze ontplofte haast bij die woorden. Gelukkig kon ze zich net op tijd inhouden. Had ze zich niet voorgenomen een beetje verdraagzamer te zijn tegenover ma?

Twee uur later staan ze verlegen tegenover elkaar op het perron. Bram zet zijn reistas neer, neemt haar bij de schouders en geeft haar een kus op elke wang. Ze is opgelucht en teleurgesteld tegelijk. Hij lijkt alweer langer geworden. Ze zou op haar tenen moeten staan om hem op de mond te kussen! Op weg naar huis praat hij honderduit over zijn verblijf in Chennai. Zo een woordenvloed is ze van hem niet gewend. Pas als ze na het avondeten naar haar kamer trekken, krijgt ze de kans om hem te vragen hoe zijn bezoek aan het kindertehuis verliep. En weer vertelt hij honderduit. Hoe moeilijk het was een geloofwaardige smoes te verzinnen om alleen op stap te gaan in Chennai. Zijn ouders vonden het oké, het was zijn tante die tegenstribbelde.

'Tante Lakshmi is ook zo typisch Indiaas,' zucht hij, 'ze denkt dat alleen-zijn het ergste is wat er bestaat. Ze wilde per se dat haar zoon me zou vergezellen. Gelukkig had die daar helemaal geen zin in!'

Rani's geduld is op. 'Vertel op, Bram, hoe zag het eruit in het tehuis? Was zuster Mary er nog? Wist ze nog wie ik was? Vertelde ze je iets over mijn moeder?' En Bram vertelt. Hij heeft maar weinig te zeggen nu, veel te weinig naar haar zin. Zie je wel dat ze er niets van mocht verwachten. Had ze toch gedaan, natuurlijk.

Hij haalt zijn mobieltje boven en toont haar de foto's die hij van het tehuis maakte. Rani kijkt. Zuster Mary, ouder maar herkenbaar. Een deel van wat een grote zaal lijkt. Op de grond allemaal kindjes in lange rijen uitgestrekt op matjes of doeken. Een kapel, een speelplaats, een stuk tuin. Een keuken, enorme potten op de gedoofde vuren.

'Hoe voelde het daar?' vraagt ze. 'Zagen de kinderen er gelukkig uit? Waren de zusters vriendelijk?' Hij moet toegeven dat hij geen idee heeft. Hij was er ook maar zo kort. Hij geeft haar een papiertje. 'Dat is het adres,' wijst hij, 'je weet maar nooit of je het nodig hebt.'

Ze voelt zich opeens doodmoe.

'Toch bedankt', zegt ze. 'Toch bedankt voor de moeite.' Samen lopen ze naar de steile zoldertrap. Boven heeft ma een vouwbed voor hem klaargezet.

'Sorry dat we geen aparte kamer voor je hebben', verontschuldigt ze zich. 'Als je liever in mijn kamer slaapt...' Hij wuift haar voorstel weg. Weer weet ze niet wat ze moet doen. Dan zwaait ze even naar hem en wenst hem welterusten.

***

Oef, dat is achter de rug. Al goed dat hij het logeren tot één dag beperkte, morgenavond kan hij weer naar huis. Hij voelt zich hier helemaal niet op zijn gemak en dat heeft meer dan één reden. Een modderfiguur slaan tegenover Rani was al niet leuk. Hij heeft haar diep teleurgesteld, dat is duidelijk. Maar er is meer. De hele avond had hij het gevoel haar ouders te bedriegen door niets over zijn mislukte bezoek aan het tehuis te vertellen. Stel dat ze er ooit met Rani naartoe gaan en dat zuster Mary erover begint. Rob en Veronica leken vanavond wel bijzonder geïnteresseerd in zijn verblijf in Chennai. Niet zozeer in het festival, maar in de stad zelf. Zijn hotels daar duur? Hoe lang is het nu ook weer rijden van het vliegveld naar het centrum? Zijn er bussen of neem je beter een taxi? Allemaal vragen die erop wijzen dat ze misschien van plan zijn er binnenkort naartoe te trekken. Had Rani hem niet verteld dat ze hoopte er op haar veertiende naartoe te gaan? En wordt ze niet binnenkort veertien? Hij loopt de zolderkamer op en neer, zijn huid prikt. Wat moet hij doen? Als hij het hen vertelt, verraadt hij Rani en komen ook zijn ouders het te weten. Dat zou hij helemaal verschrikkelijk vinden. Vertelt hij het niet, dan moet hij nog maanden met de angst leven dat zijn achterbakse gedoe toch uitkomt. Al even verschrikkelijk!

Hij overloopt de gebeurtenissen die hem tot dit punt brachten.

Zijn verlangen om Rani's achtergrond te kennen, zijn voorstel naar het tehuis te gaan, zijn arrogante houding daar. Had ik me maar klein gemaakt, zoals Hanuman tijdens zijn zoektocht naar Sita, denkt hij voor de zoveelste keer. En dan, in een flits, weet hij wat hem te doen staat. Stilletjes klimt hij de zoldertrap af, loopt op zijn tenen langs Rani's kamerdeur, gaat naar beneden. Zijn hart bonst in zijn keel als hij aanklopt aan de woonkamerdeur.

***

'Wat heb je gedaan?' Ongelovig staart Rani hem aan. Hij ziet de mengeling van teleurstelling en woede op haar gezicht en maakt zich nog kleiner dan hij de avond daarvoor al deed.

'Ik heb hun gezegd dat het mijn idee was, dat jij er niets van wist. Ik weet zeker dat ze me geloofden.'

'Wat gemeen van je! Dat was iets tussen ons. We zouden het aan niemand vertellen en zeker niet aan mijn ouders!'

'Ik weet het, Rani, maar ik kon niet anders.'

'En waarom niet? Vertel me dat eens! Waarom niet?'

'Ik had het gevoel hen te bedriegen. En bovendien is het waar.'

Hij verwacht een nieuwe uitbarsting, maar die blijft uit.

'Wat is waar?' vraagt ze.

'Dat het mijn idee was. Ik heb dit allemaal in gang gezet, al van toen jullie voor het eerst bij ons kwamen. Jij leek daar nog niet aan toe, maar ik...' Hij ziet haar steigeren, snapt onmiddellijk waarom. 'Ik bedoel niet dat je het niet aankon, ik bedoel dat het je niet bezighield. Of toch niet op de manier waarop het mij bezighield.'

'Op welke manier hield het jou dan bezig?' Het klinkt niet meer zo woedend als daarnet.

De waarheid, niets dan de waarheid, spoort hij zichzelf aan. 'Ik wil je helemaal leren kennen, Rani. Ik wil weten wat je van je echte ouders meekreeg aan talenten en mogelijkheden. Ik wil je helpen die te verwezenlijken. Je bent niet zoals de andere meisjes hier en dat heeft met je afkomst te maken.' Zijn ogen prikken. Hoe graag zou hij haar in zijn armen nemen, haar hoofd tegen zijn schouder voelen, haar zoete geur opsnuiven. In een gebaar van overgave steekt hij een hand naar haar uit. Ze grijpt die beet, drukt hem tegen haar gezicht, bijt er zachtjes in.

'Stommerik die je bent, driedubbel gedraaide stommerik!'

'Ik weet het, maar het is nu eenmaal zo, je rakhibroertje is een driedubbel gedraaide stommerik.'

'Je bent lief', zegt ze, haar blik ineens heel teder. Ze buigt zich naar hem toe en kust hem snel op de mond. Er trekt een rilling door hem heen. Ze geeft hem nu korte speelse kusjes op zijn neus, zijn wangen, zijn hele gezicht. Hij durft niet te reageren, bang haar af te schrikken. Ze schuift een eindje van hem vandaan en lijkt over iets na te denken.

'Geloofden mijn ouders werkelijk dat ik er niets mee te maken had?' vraagt ze dan.

Hij is nog helemaal in de greep van het opwindende gevoel dat door zijn lichaam trekt en slaagt er maar met moeite in zijn stem normaal te laten klinken.

'Daar ben ik zeker van.' Hij aarzelt. 'Kun je een geheim bewaren?'

'Beter dan jij', plaagt ze.

'Eén-nul voor jou!'

'Wel?'

'Je ouders zijn van plan deze zomer samen met jou naar het tehuis te gaan. Ze zullen zuster Mary binnenkort schrijven om jullie komst te melden. Wat vind je daarvan?'

'Dus toch! Misschien heb jij hen wel een zetje in de goede richting gegeven met al je geklungel.'

'Dan is het toch ergens goed voor geweest.'

Blij toe dat hij haar ouders alles opbiechtte. Vanavond vertel ik het aan die van mij, neemt hij zich voor. Zo moeilijk is het niet, gewoon Hanuman navolgen. Hé, hij heeft opeens enorme trek.

'Ik heb reuzehonger, jij ook? Zou het ontbijt al klaar zijn?'

Ze snuift nadrukkelijk. 'Ik ruik, ik ruik... versgebakken broodjes. Kom, erop af!'

***

'Welke trein moet je vanavond nemen?' vraagt pa voor hij naar de boekhandel vertrekt. En voor Bram kan antwoorden: 'Jammer dat je vanavond al vertrekt, ik heb het gevoel dat ik je nauwelijks gezien heb!'

'We waren van plan jullie morgen mee te nemen naar Gent', zegt ma. 'In het volksmuseum daar organiseren ze een vuurfeest met een show en verhalen. We dachten dat het jullie kon interesseren.'

'Hé, toe, blijf nog een nachtje logeren', valt Rani haar ouders bij. 'Ik bleef wel drie nachten bij jullie slapen!'

Hij steekt beide armen de lucht in. 'Oké, oké, ik geef me over.' Een dagje langer samen met Rani, hij kan zich niets beters indenken nu hij zich hier weer goed voelt.

'Dan brengen we je gewoon naar huis, morgenavond,' stelt pa voor, 'we zijn dan toch al halfweg.' Hij keert zich naar ma: 'Misschien een gelegenheid om...' Ma fronst de wenkbrauwen. Pa zwijgt abrupt. 'Oei, bijna negen uur, ik ga ervandoor. Straks staat er een rij klanten voor de deur.' En weg is hij.

'Ma, mogen we gaan fietsen? Mag Bram pa's fiets nemen?' En tot Bram: 'Jij kunt toch fietsen, hé?'

'Natuurlijk kan ik fietsen! Zie ik er zo onsportief uit?'

'Eh, nee, maar ik dacht dat je dat in India misschien nooit...'

Ze zwijgt. Ze vroeg het zich werkelijk af, ze hoort hem nooit vertellen over zwemmen of fietsen of voetballen. Hij is anders, niet zoals de jongens die ze kent. Zou hij beledigd zijn? Ze hoopt van niet.

Een kwartiertje later fietsen ze de stad uit.

'Waar gaan we heen?' vraagt Bram

'Door de polders, een tochtje dat ik vaak met Anna maakte.'

Het is koud, maar ze krijgen het snel warm van het trappen. Ze loodst hem langs kleine weggetjes naar haar lievelingsstopplaats: een boerderij waar altijd drie ezels in de wei staan. Ze kennen haar: als ze afstapt en hen roept, komen twee van de drie onmiddellijk naar haar toe. Ze streelt hun neuzen. Nummer drie begint te balken. I-aa, i-aa, i-aa. Een groep kraaien vliegt op uit de grote eik in de wei ernaast. Bram laat zijn fiets ook in de berm vallen en komt dichterbij. Hij kijkt gefascineerd naar Rani. Haar egale donkerbruine huid, de lange wimpers, het blauwzwarte haar. Zonder nadenken strijkt hij een loshangende lok achter haar oren. Ze draait zich glimlachend naar hem toe, hij voelt haar warme adem tegen zijn wang. Dan wordt het hem te machtig en trekt hij haar tegen zich aan. Ze verzet zich niet. Hij kust haar haren, haar voorhoofd. Ze heft haar gezicht naar hem op. En dan kust hij haar vol op de mond. Stomme winterjassen! Hij kan haar lichaam nauwelijks voelen. Hij duwt zijn neus in haar kraag en zoekt met zijn lippen haar zachte hals. Weer die zoete geur. Ze giechelt en maakt zich zachtjes uit zijn omhelzing los. Hij ziet hoe ze verlegen van hem wegkijkt en voelt zich helemaal vertederd. De ezels staan nog altijd met hun kop over de draad. Weer streelt ze hen over de neus, rent dan plots naar het stukje bos vlakbij en verdwijnt tussen de struiken. Bram haalt een paar keer diep adem en loopt met grote stappen heen en weer langs de weg. Dat is heel anders dan met Kamala, denkt hij. Wilder. Hij voelt zich verward. Hoe moet het nu verder? Wat vindt Rani hiervan? Wat moeten ze nu doen? Te vroeg. Die gedachte klopt in zijn hersenen op het ritme van zijn trom. Te vroeg, te vroeg, te vroeg. Ze is te jong. Ze is te jong voor een serieuze relatie. Hijzelf misschien ook. Hij hoort haar snelle stappen op de verharde weg, kijkt hoe ze haar fiets overeind zet.

'Ik moest dringend,' zegt ze, 'zullen we?' Ze spurt ervandoor zonder op hem te wachten. 'Om het eerst bij dat kapelletje ginder!' gilt ze en wijst de richting aan.

Ze arriveren bijna tegelijk en kijken door het vuile raampje naar het Onze-Lieve-Vrouwebeeld met de plastic bloemen en de niet-aangestoken kaarsen. Hij denkt aan India, aan de ontelbare godenbeelden en altaartjes in de straten, langs de veldwegen, in de huizen en hutten waar op elk moment van de dag olielampjes en wierook branden, bloemenslingers, vruchten en rijst worden geofferd. En hij wenst dat hij weer daar is en de gezangen van de priesters hoort, het geklingel van de tempelbellen, kinderstemmen die mantra's opdreunen, godenliederen die uit luidsprekers stromen. Daar, in dat wonderbaarlijke land waar goden en mensen voortdurend met elkaar in contact staan. Hij wenst dat hij er is met haar.

***

Rani fietst weer voorop en probeert een gewoon tempo aan te houden. Niet vanzelfsprekend als je helemaal door het dolle heen bent. Als alles in je jubelt: Bram is op mij, Bram is op mij, ik heb een lief! Ik heb een lief, net als Lotte. De grote vier vertellen aan iedereen die het weten wil dat ze een lief hebben, meer dan één zelfs, maar dat is bluf. Nooit heeft ze hen met een jongen zien doen wat ze net met Bram gedaan heeft. Of beter gezegd, wat hij met haar gedaan heeft. Vanmorgen voor het ontbijt, toen hij zo'n schuldig gezicht trok, ja, toen kon ze niet anders dan hem een kusje geven. Op zijn mond. Ze wilde die benepen trek van zijn lippen zoenen. Geschrokken had ze hem gauw allemaal kusjes op zijn gezicht gegeven, zodat die eerste gewoon een van de vele werd. Maar daarnet, dat was anders. Het leek wel alsof zijn mond een magneet was, zo werd ze naar hem toe gezogen. En hoewel ze het behoorlijk warm had van het fietsen, had ze kippenvel gekregen over haar hele lijf. Dus dat is verliefd zijn, denkt ze, kippenvel krijgen als je elkaar kust. Ze kijkt om. Bram wijst een bank aan.

'Laten we even stoppen', roept hij.

Ze gaat dicht tegen hem aan zitten. Hij reageert niet.

'Sorry van daarstraks,' mompelt hij, 'ik hoop dat je het niet, ik hoop dat ik niet...'

'Hé!' Ze legt een vinger op zijn mond. 'Ik vond het fijn. Ik ben zo blij dat we nu...' Ze drukt zich nog dichter tegen hem aan, haar hoofd op zijn schouder.

'Ik ook, Rani, ik ook.' Het klinkt vlak.

Heeft hij er nu al spijt van? Een enge gedachte flitst door haar hoofd. Met een ruk gaat ze rechtop zitten. 'Ben je misschien nog verliefd op dat vriendinnetje van je uit India?' flapt ze eruit.

'Hé, wat?'

'Je had het over haar met oma toen je laatst bij ons was. Hoe heet ze eigenlijk?'

'Ach! Dat je daar nog aan denkt. Kamala, haar naam is Kamala.' En hij vertelt haar over dat meisje dat zo dichtbij en zo onbereikbaar ver was en over hoe hij, toen het uit was, aan zijn ouders vroeg om in Chennai te mogen wonen dat laatste jaar, bij oom Amrit en tante Lakshmi. Om kalaripayatlessen te volgen in een echte *kalari*[38], had hij hun gezegd. Nooit hebben ze geweten dat het was omdat hij bang was Kamala weer tegen het lijf te lopen als hij in New Delhi bleef. Hij vertelt haar ook dat zij, Rani, hem aan Kamala deed denken toen hij haar voor het eerst zag, en toch ook weer niet. 'Natuurlijk zag ik meteen dat je Indiaas was, maar je gedroeg je helemaal niet als een Indiaas meisje, dat was vreemd voor me. Maar wat nog vreemder was...'

Eindelijk, na al die tijd, vertelt hij haar voor het eerst openlijk over dat beeld van haar als tempeldanseres, hij beschrijft het heel gedetailleerd, net zoals het in zijn geheugen gegrift staat.

'Denk je echt dat we elkaar al eens ontmoet hebben in een vorig leven?' Kon ze het maar geloven. Ze wil het zo graag. Weer drukt ze zich tegen hem aan. Waarom legt hij nu geen arm rond haar schouders?

'Het voelt wel zo', antwoordt hij. 'Daarom wilde ik je ook koste wat het kost leren kennen.' Hij schuift een eindje bij haar vandaan, kijkt haar zo lang en zo ernstig aan dat ze even de ogen neerslaat. 'Ik ben zo blij dat we vrienden geworden zijn, Rani, echte vrienden.'

Vrienden. Is dat alles? Haar keel zit ineens dicht, ze slikt verwoed. 'Ik ook.' Dat is alles wat ze weet uit te brengen. Ze gaat staan. 'Zullen we dan maar? Straks wordt mijn moeder ongerust.' Sullig, maar ze weet niets anders te bedenken.

Bram is blij dat hij weer op zijn fiets zit. Hij peddelt een eindje achter Rani aan. Heeft hij er goed aan gedaan haar op een afstand te houden? Hij weet het niet. In de kalaripayatlessen leerde hij veel over de juiste manier van leven, maar over het omgaan met meisjes repte zijn *goeroe*[39] met geen woord.

***

Moe van het rondkuieren in de stad die middag trekken ze direct na het avondeten naar haar kamer. Rani heeft zich de hele tijd flink gehouden. Er is niets gebeurd, hield ze zichzelf telkens weer voor, niets bijzonders. Ik heb me vergist. Dat hielp. Ze kan weer met hem omgaan zoals vroeger, voor de kus.

Bram bracht een dvd mee van een Ramayanaopvoering die hij in

Kalakshetra zag. Een dansdrama noemt hij het. Ze hoort voor het eerst dat Rama's vader drie vrouwen had.

'Drie vrouwen! Nu ja, prinses Draupadi was met vijf mannen getrouwd. Twee meer!'

Ze geniet van de verraste uitdrukking op zijn gezicht. 'Ik las de Mahabharata terwijl je in India was. In een verkorte versie natuurlijk.' Ze spreekt het woord moeiteloos uit, met de juiste klemtoon. Hij glimlacht trots, alsof hij haar zelf had geleerd hoe dat moest. Wat houdt ze toch van die glimlach.

Hij schudt zijn hoofd alsof hij daar iets uit wil kieperen.

'Zou jij de vrouw van vijf mannen willen zijn, zoals Draupadi?' vraagt hij.

'Zou jij drie vrouwen willen hebben?' plaagt ze terug.

'In India was dat vroeger heel gewoon. Een maharadja had daar bovenop soms ook nog een harem van honderden vrouwen!'

'Nu overdrijf je!'

'Helemaal niet. En dan heb ik het nog niet over al die tempeldanseressen die onder zijn hoede stonden!'

'Zou jij wel willen, hé, getrouwd zijn met drie vrouwen, een harem van nog eens honderd en dan nog een paar tempeldanseressen als minnares?' Ze balanceert tussen lachen en boos worden.

'Vroeger was alles beter', zucht hij theatraal. Ze kiest voor de lach.

Hij haalt een dun boekje uit de plastic zak waar ook de dvd in zat. 'Wel toevallig dat je het net over de Mahabharata had. Ik heb er een tekst uit meegebracht voor je. Krishna legt erin uit wat je moet doen om in harmonie met jezelf en je omgeving te leven. En om... ach, je moet het zelf maar eens lezen. Het is echt heel bijzonder. De meeste hindoes kennen deze tekst uit het hoofd. Priesters lezen eruit voor wanneer een kindje geboren wordt en wanneer iemand stervende is. Priesters of familieleden. Ook op andere belangrijke momenten wordt er naar geluisterd of in gelezen.'

Maar goed ook, denkt ze. Als je pas geboren bent, zal je er wel nog niet veel van snappen en als je aan het sterven bent, is ernaar luisteren waarschijnlijk niet je grootste zorg. 'Bhagavad Gita' staat er op de kaft. Daaronder: 'Het lied van de Heer.'

'Het lied van de Heer? Is het een lied?'

'Naar het schijnt werden dergelijke teksten vroeger gezongen in plaats van voorgelezen. Zo konden de luisteraars ze beter onthouden. Vandaar, denk ik.'

'En de Heer, dat is Krishna?'

'Precies.'

Ze doorbladert het boekje. Geen prenten, dat valt tegen. 'Doe me een plezier en leg het bij je Krishnabeeldje', vraagt hij. 'Als de tijd rijp is, zal het je roepen.'

Als de tijd rijp is, zal het je roepen! Klinkt als in een boek. Wat een vreemde jongen toch, die Bram. Zo verschillend van de jongens uit haar klas. Zo verschillend van om het even wie ze kent. Zou hij dat bijzondere helemaal van zichzelf hebben? Komt het uit een vorig leven?

Echte vrienden. Misschien bedoelt hij er iets anders mee dan als een gewone jongen dat zou zeggen. Hoe kan ze hieruit wijs raken? Misschien moet ik die vraag ook bij het Krishnabeeldje leggen, denkt ze. Ze vindt het niet eens zo'n gek idee.

Bram is opgestaan. 'Ik ga slapen', zegt hij. Hij neemt haar bij de schouders en geeft haar een vluchtig kusje op elke wang. Net als op het perron, gisteren.

'Ik hoop dat u mij een beetje wegwijs kunt maken, Heer Krishna', zegt ze tot het beeldje als Bram de kamer uit is. 'Ik snap niets van jongens, en al zeker niet van dit exemplaar!'

***

'Welkom, kom binnen.' Karen opent wijd de deur en omhelst hen een voor een. Armand wacht hen op in de salon. 'Dag Veronica, Rob, Rani. Jullie blijven toch iets drinken?'

Terwijl ze vertellen over het weekend vraagt pa of hij Armand eventjes alleen kan spreken. Hij haalt iets uit zijn aktetas, Rani kan niet goed zien wat. Haar moeder kucht een paar keer. Rani kent dat kuchje wel. Ma's zenuwkuchje noemt ze het. Is er iets aan de hand dat ze niet doorheeft? Met een half oor luistert ze naar wat Karen vertelt over het muziekfestival van Chennai en over hun plannen om er deze zomer weer naartoe te trekken.

'Geen zin om mee te komen?' vraagt Karen geheel onverwachts. 'We kunnen gerust met zijn zessen bij onze vrienden daar logeren.'

Rani's hart slaat een slag over. Tersluiks kijkt ze naar Bram. Hij zit aan het rakhibandje te prutsen. Het lijkt wel of hij niets van het gesprek opgevangen heeft. Pa en Armand komen weer binnen en Karen herhaalt haar vraag.

'Ach,' zegt pa met een blik op ma, 'misschien is dit wel het goede moment, lieverd.' Ma gebaart met haar handen van 'doe maar'.

'Wel Rani, je moeder en ik hebben besloten om deze zomer met je naar Chennai te trekken. We wilden je dat vertellen op je verjaardag, maar de omstandigheden zijn ons voor.'

Dus toch! Rani vliegt hem om de hals. Dan kust ze haar moeder.

'Fantastisch', roept ze uit. 'Gewoon fantastisch.' Ze draait zich om naar Bram. 'Fantastisch, hé?' herhaalt ze en kijkt verbaasd om zich heen als iedereen in de lach schiet.

'Dat is dan geregeld,' roept Karen enthousiast uit, 'misschien kunnen we er samen naartoe vliegen. Hoe lang denken jullie in Chennai te blijven?'

Karen vindt veertien dagen veel te kort, maar gaat er niet op door. 'Als jullie maar geen hotel nemen,' zegt ze, 'bij Amrit is er plaats genoeg voor ons allemaal.'

Ze hebben het nog even over de Aziëbeurs waar ze elkaar eind deze maand weer zullen ontmoeten. Armand staat er op de stand van de Indiase ambassade. Bram en Karen willen graag Rani's optreden zien.

'Ik breng dan ook het gevraagde mee', belooft Armand met een tikje op de grote bruine enveloppe die hij net op het salontafeltje legde.

'Dat zou fijn zijn,' knikt pa, 'alvast bedankt!'

'Graag gedaan. Blij jullie van dienst te zijn.'

Tijdens de terugrit probeert Rani te raden wat er in die geheimzinnige enveloppe zit. Dan maakt ze zich een voorstelling hoe het zal zijn in Chennai. Misschien mag ze wel langer dan veertien dagen blijven. Misschien gaan Brams ouders ook al na veertien dagen naar huis en blijft ze samen met Bram bij zijn oom en zijn tante logeren.

En dan... ja, wie weet wat er dan niet allemaal gebeurt. Ze ziet hen al samen... Verdorie! Nu is dat kippenvelgevoel er toch weer!

***

De drie weken tot de Aziëbeurs duren ellendig lang. Mailen, bellen, sms'en naar Bram, ze durft het allemaal niet. Het kost haar de grootste moeite om zich te concentreren tijdens de lesuren. Huiswerk maken is een marteling, ze droomt telkens weg en alles duurt drie keer zo lang als anders. Iedere avond oefent ze voor het optreden. Opnieuw en opnieuw en opnieuw. Stel je voor dat ze een fout maakt terwijl hij en zijn ouders tussen het publiek staan. Ze mag er niet aan denken!

Dan breekt de grote dag eindelijk aan. De dag van haar eerste solo-optreden. Samen met ma en oma rijdt ze erheen. Jammer dat pa er niet bij kan zijn. Stom, maar zelfs voor een speciale gebeurtenis als deze kan hij de boekhandel niet sluiten op een zaterdagmiddag. Ze mist zijn warme, geruststellende aanwezigheid. Ma is al even zenuwachtig als zijzelf. Oma is stiller dan gewoonlijk. Zou ze er spijt van hebben dat ze zich liet overhalen om mee te komen? Oma is een thuisblijver, die houdt niet zo van uitstapjes.

Was ik een echte tempeldanseres, dan was dit nu een groot feest, denkt Rani. Dan waren oma en ma beroemde devadasi's. We zouden er alle drie fantastisch uitzien. Het zou de grote dag zijn waarop ik door mijn goeroe aan het publiek word voorgesteld. Ik zou voor het eerst in de tempel dansen en trouwen met de god aan wie de tempel gewijd was. Mijn beschermheer zou op de eerste rij zitten. Hij zou trots op me zijn.

Ze zucht. Wat een contrast met hoe het nu is! Mistroostig staart ze door het beregende zijraam naar de kale velden. Haar opwinding van deze morgen ebt weg. Ze voelt zich hoe langer hoe somberder worden. Hoe komt dat nu toch? Ze ziet Bram toch straks? Waarom is ze nu niet blij?

Op de Aziëbeurs heerst een ongelofelijke drukte. Sommige deelnemers zijn nog volop bezig hun stand te versieren, helpers lopen af en aan met volgeladen karretjes. Iemand roept luid om meer spots, iemand anders om de beloofde stoelen. De stand van juf Sallie staat helemaal vooraan, vlak bij het podium. Op een van de tafels liggen boeken en kleurige prenten, op de andere heeft ze godenbeeldjes en Indiase juwelen uitgestald. De juf wacht tot ook haar andere leerlingen aangekomen zijn, neemt hen dan alle vier mee naar een kamertje waar ze zich kunnen omkleden en schminken. Ze krijgen allemaal enkelbelletjes om. Rani stampt een paar keer op de vloer. Het pletsen van haar blote voeten wordt overstemd door het gerinkel. Leuk maar ook een beetje eng. Als je niet in het juiste ritme zit, hoort iedereen het! Nog enkele raadgevingen en juf Sallie trekt de zaal weer in. Niet zo lang daarna komt ze hen waarschuwen dat de openingsceremonie binnen enkele minuten zal beginnen. Ze horen iemand een toespraak houden, gevolgd door het bekende tikken van de stok op het houten blok. Achter elkaar stappen ze het podium op.

***

Wekenlang had ze naar dit optreden toegeleefd en nu…
    Net als tijdens de stage was de voorstelling in een flits voorbij. Voor het podium had zich een klein groepje toeschouwers verzameld, in de rest van de reusachtige hal ging de drukte gewoon door. Niemand leek oog te hebben voor wat zich vooraan afspeelde. Het bracht haar helemaal in de war. Niet dat ze fouten maakte, gelukkig niet, maar ze voelde geen enkel dansplezier. Het heerlijke gevoel alsof ze er zelf niet meer was en juist daardoor eindeloos zou kunnen doorgaan, bleef weg. In de kleedkamer sprak juf Sallie hen er nadien over aan. Dat ze moesten leren om onder alle omstandigheden met hart en ziel te dansen, zelfs als niemand ook maar enige belangstelling toonde, zei de juf. Ze vertelde dat het in India heel gewoon was dat restaurantbezoekers doorgingen met eten en met elkaar praten terwijl er voor hen gedanst werd. Ook tijdens dansdrama's lieten toeschouwers hun kinderen rondrennen en schreeuwen, aten ze hun picknick, kletsten ze met vrienden en kennissen en liepen ze de ruimte in en uit wanneer ze daar zin in hadden.
    'Ging dat vroeger in de tempels ook zo?' had Rani gevraagd.
    'De devadasi's dansten voor de goden, niet voor de toeschouwers',

zei juf Sallie. En dat was dan dat.

Ook de rest van de dag verloopt in mineur. Met Bram loopt ze de standen af, maar het contact is stroef. Stroever dan het ooit geweest is. Durfde ze hem nu maar gewoon te vragen of hij op haar is. Ze voelt zich onzeker en bang. Bang dat hij haar zal uitlachen. Of erger nog: dat hij heel verbaasd zal doen. Zij zijn speciale vriendin, hoezo? Waar haalt ze dat vandaan? Ze kijkt hem van opzij aan. Hij lijkt een beetje afwezig. Ach, ze hoeft niets te vragen. Die zoen was een vergissing, zoveel is duidelijk. Wat een oen is ze toch. Hij kan vast veel knappere meisjes krijgen. Meisjes die snappen waar hij het over heeft als hij hun iets vertelt!

Ze is opgelucht als ma haar wenkt. Oma voelt zich niet goed en wil naar huis. Een belabberd einde van een al even belabberde dag. Bram loopt met hen mee naar de auto en bij het afscheid geeft hij haar een hand. Een hand! Kan het erger?

Als ze het parkeerterrein afrijden heeft ze alle moeite om een huilbui te bedwingen.

***

Bram kijkt de auto na waarmee Rani uit zijn leven verdwijnt. Want dat is precies wat er nu gebeurt, hij kan maar beter meteen de realiteit onder ogen zien. Had hij het haar moeten vertellen? Hij kon het niet over zijn hart krijgen. Haar eerste solo-optreden kon hij toch niet zomaar bederven met dat slechte nieuws van hem. Hij zucht. Waarom lijkt alles net na een hoogtepunt steeds weer als een kaartenhuisje in elkaar te zakken? Hij raakt de hand van Kamala aan en ze loopt voor altijd van hem weg. Hij kust Rani op de mond en hij krijgt te horen dat…

Zijn vader had geprobeerd hem op te vrolijken met de belofte van een uitstekende kalaripayatleraar en – nog belangrijker – een mridangagrootmeester van wie hij iedere week privéles zou krijgen. En wat India betrof, dit jaar kon het echt niet, maar in het vervolg zouden ze er zeker elke zomervakantie naartoe gaan. Daar kon hij van op aan.

Zijn moeder had eens door zijn haar gewoeld.

'Zo ver hier vandaan is het nu ook niet,' zei ze, 'je kunt haar af en toe eens opzoeken en zij kan ook naar hier komen.' En dan: 'Jullie zijn nog zo jong, het is misschien beter zo, een beetje afstand kan nooit kwaad.'

Hij blijft nog een tijdje staan kijken naar de drukte op het parkeerterrein, dan draait hij zich om en loopt de grote hal weer binnen. Het rakhibandje aan zijn rechterarm knelt, zijn pols is een stuk steviger dan toen ze het hem omdeed, straks springt het nog stuk. Misschien heeft mam gelijk, denkt hij. Laat ik maar eerst een groot mridangaspeler worden en zij een beroemde Bharata Natyamdanseres. Dat kan, daar is hij van overtuigd. Ze hebben het alle twee in zich, hij de muziek, zij de beweging. Als het lot hen gunstig gezind is, treedt ze ooit op met het orkest waar hij in speelt. Zoals eens, heel lang geleden. Een gevoel van zekerheid welt in hem op. Het lot zal hen gunstig gezind zijn, waar diende deze ontmoeting anders voor? Voorzichtig knoopt hij het rakhibandje los en stopt het in zijn broekzak. Hij heeft geen uiterlijke tekens nodig om hem eraan te herinneren wie hij is voor haar. Hoe ver hij ook van haar vandaan is, hoe lang de scheiding ook duurt, ze zal altijd op hem kunnen rekenen.

***

De dag na haar optreden vragen ma en pa of Rani even met hen mee naar pa's bureau komt: ze hebben haar iets belangrijks te vertellen. Ze zien er zo ernstig uit dat ze er koude rillingen van krijgt. Zou er iets zijn met oma? Die voelde zich helemaal niet lekker toen ze gisteravond bij haar weggingen. Oma is toch niet dood? Ze is toch niet in haar eentje doodgegaan vannacht? Maar voor ze het kan vragen, kondigt ma aan dat ze goed nieuws voor haar hebben. Waarom kijkt ze dan zo sip? Pa komt haar te hulp. 'We hebben een brief voor je van je moeder, je Indiase moeder', zegt hij zacht.

'Een brief van… Heeft mijn moeder me geschreven? Nu? Na al die jaren?'

'Niet nu. Het gaat om een brief die ze samen met jou afgaf aan de zusters van het tehuis.'

Er buitelen wel tien vragen tegelijk door haar hoofd. Pa neemt haar beide handen in die van hem. Heerlijk grote warme handen heeft hij. 'Kalm aan meid, geef me de tijd om het allemaal uit te leggen.' Hij schuift de bruine enveloppe die voor hem ligt naar haar toe. De enveloppe die Armand gisteren op de Aziëbeurs aan ma meegaf. Er staat iets op geschreven in het Engels. Pa vertaalt: 'Aan Rani geven wanneer ze vrouw wordt.'

'Deze omslag kregen we mee toen we je gingen halen', zegt hij rustig. 'De zusters vertelden ons dat zij de brief van je moeder er ongelezen in stopten en hem dichtplakten terwijl ze erbij stond. Dat wilde je moeder zo. Ze vroeg de zusters om haar brief pas aan jou te geven als je groot genoeg zou zijn om hem te begrijpen. "Als ze vrouw wordt", schijnt ze te hebben gezegd. Dat hebben de zusters er toen opgeschreven. We hebben die omslag al die tijd ongeopend bewaard. Toen je je eerste menstruatie kreeg, wisten we dat de tijd gekomen was om hem af te geven. Armand heeft iemand gevonden die je mama's brief kon vertalen. Hij heeft die vertaling samen met je moeders brief ongelezen weer in de omslag gestopt en hem dichtgeplakt, zoals we het hem gevraagd hebben. Niemand heeft het recht te lezen wat je mama je schreef als jij daar geen toestemming voor geeft. Daar was hij het uiteraard mee eens.'

'We zouden het natuurlijk heel fijn vinden als je er met ons over wilde spreken', zegt ma met een benepen stemmetje. Nu pas merkt Rani hoe bleek ze ziet. Haar ogen zijn een beetje rood, alsof ze gehuild heeft. Waar was dat nu weer voor nodig?

'Ik zie wel,' mompelt ze, 'ik wil hem graag op mijn kamer lezen.'

'Natuurlijk,' antwoordt ma stilletjes, 'natuurlijk, ga maar.'

Rani kijkt van haar naar pa.

'Wat is er? Jullie zien eruit als lijkbidders! Hij is al bijna veertien jaar oud hoor, die brief!' Met grote passen loopt ze pa's bureau uit naar haar kamer. Daar scheurt ze de omslag ongeduldig kapot en haalt er twee velletjes papier uit: een dun vergeeld en een stevig wit. Er zit nog iets in de omslag. Ze schudt hem uit boven haar bureau. Een hangertje aan een dun gouden kettinkje. Met beverige vingers pakt ze het medaillon. Een blauwe fluitspelende Krishna leunend op een witte koe. Hij lijkt als twee druppels water op het beeldje op haar boekenplank, alleen vormt het medaillon hier een lilaroze achtergrond. Zelfs de kleur van zijn dhoti is dezelfde: een fel oranjegeel. Voorzichtig vouwt ze het vergeelde velletje open en staart naar de onleesbare lettertekens. De taal van haar mama. Ze ruikt een rokerige geur. Dan leest ze de getypte tekst op het witte blad.

Mijn lieve dochtertje,

Ik betaal een man hier op straat om precies op te schrijven wat ik hem vertel. Straks breng ik je naar de zusters. Ik wil dat je weet waarom ik dat doe. Ik wil dat je weet wie je moeder is.

Mijn naam is Oni Bachchan. Mijn moeder was een devadasi. Ik weet niet wie mijn vader is. Toen ik vrouw werd, werd ik aan de godin gewijd. Zo werd ik ook devadasi. Vanaf dan deed ik hetzelfde werk als mijn moeder. Toen ik veertien of vijftien was, werd mijn eerste dochtertje geboren. Haar naam is Mahiya. Daarna kreeg ik nog twee jongens. Dan kwam jij.

Er zijn nog vier andere devadasi's in ons dorp. We helpen elkaar. We zijn arm. De mannen die bij ons komen, betalen weinig. Hun vrouwen kijken op ons neer. Ze noemen onze kinderen bastaarden. Hun kinderen mogen niet spelen met die van ons. Als onze dochters vrouw worden, worden ze ook aan de godin gewijd. Ze moeten dan hetzelfde werk doen als wij. Ik bleef bij mijn moeder wonen toen ik devadasi werd. Zij was ook bij haar moeder blijven wonen toen ze devadasi werd. Zo is het altijd gegaan. Maar nu komen mannen uit de steden die onze dochters meenemen.

Kort nadat je geboren werd, werd Mahiya devadasi. Een week later nam een man haar mee naar Bombay[40]. De priester zei dat het zo moest. Ik kon hen niet tegenhouden. Ik ging haar zoeken. Bombay is heel ver. Af en toe kon ik meerijden met een vrachtwagen. Het is gevaarlijk voor een vrouw om alleen te reizen. Ik deed het toch. Een buurvrouw zorgde voor jou en de jongens. Ik wist in welk soort buurt ik Mahiya moest zoeken. Ik was nog nooit in een stad geweest. Het was vreselijk. Ik vond de buurt. Dat was een wonder. Ganesha hielp me. Ik vond Mahiya. Ze was heel ongelukkig. Ik hielp haar te vluchten. Samen gingen we terug naar ons dorp. Daar stond de man die haar had meegenomen. Hij nam haar weer mee. Niemand hield hem tegen. Niemand hielp ons.

Toen je zes maanden oud was, vertelde de priester me dat Mahiya dood was. Hij wist niet hoe. Ik huilde en huilde. Ik had geen melk meer voor je. Jij huilde ook. Ik wilde niet dat je ook devadasi zou worden. Ik wilde niet dat ze je zouden meenemen. Ik wilde niet dat je helemaal alleen zou doodgaan zoals Mahiya. Ik liet de jongens bij de buurvrouw en nam je mee. Ik kon meerijden met een vrachtwagen. Hij reed naar Madras. Ik was blij dat hij niet naar Bombay reed. Ik wilde je niet achterlaten in de stad waar Mahiya was doodgegaan. Madras is nog veel verder dan Bombay. De rit duurde heel lang. Af en toe huilde ik. De chauffeur vroeg wat er scheelde. Hij was een goede man. Hij zette me af in de buurt van het tehuis. Eerst zocht ik iemand die deze brief wou schrijven. Dat was moeilijk want in mijn dorp spreken ze anders dan hier.

Maar Ganesha heeft me nog eens geholpen. Hij stuurde iemand die mij begreep en vertaalde wat ik zei. Zo kon de schrijver het toch opschrijven. Straks geef ik jou en de brief af. Ik stop de medaille van Krishna die ik altijd draag erbij. Hij is van mijn moeder. Ik hoop dat je hem mooi vindt en hem wilt dragen. Ik doe iedere ochtend en avond puja[41] voor Krishna. Hij is een heel lieve god. Hij hield van alle herderinnetjes. Als je van hem houdt, zal hij ook van jou houden. Heel veel. Hij zal je beschermen. Vanaf nu zal ik ook iedere dag aan Ganesha vragen dat hij alle moeilijkheden voor je wegneemt. Ik zal hem een goed leven voor je vragen. Ik zal hem vragen ervoor te zorgen dat je mijn brief krijgt als je groot genoeg bent om hem te begrijpen. Ik houd zo erg veel van je. Heb een goed leven, mijn kleine koningin.

Je mama

Rani huilt. Ze is met opgetrokken knieën op haar bed gaan zitten, haar rug bol tegen de muur, haar hoofd op haar gekruiste armen en ze huilt en huilt. Om Oni, haar mama. Oni, de devadasi. Oni die in een klein dorpje woont, niet in een sloppenwijk in de grote stad. Oni die naar de grote stad kwam om haar daar achter te laten bij de zusters. Oni die haar weggaf om haar te beschermen tegen mannen die meisjes meenemen om hen te laten werken als prostituees. Want dat heeft ze wel begrepen, ze is niet achterlijk. Meisjes die aan de tempel werden gewijd, werden prostituees. In hun eigen dorp, zoals haar mama, of als ze minder geluk hadden, in de stad zoals haar grote zus. Haar zus die doodging zonder dat haar mama of broers het wisten. Ze huilt omdat haar mama liet opschrijven dat ze zo erg veel van haar, Rani, hield en haar toch weggaf. Ze huilt omdat haar mama haar mijn kleine koningin noemt. Mijn kleine koningin! Zie haar hier zitten, de kleine koningin. Ver van haar geboorteland, opgegroeid tussen vreemden. Als ze in haar dorp gebleven was, zouden de mensen daar haar niet kleine koningin noemen, maar kleine bastaard! Als ze in haar dorp gebleven was, was ze misschien nu al dood, net als haar grote zus. Ze stopt met huilen. Dat is een verschrikkelijke gedachte. Ze ziet zich al in een of ander donker achterkamertje zitten en de ene na de andere man… Het is te gruwelijk om erover door te denken. Ze springt van haar bed en snuit luidruchtig haar neus. Dan leest ze de brief nog een keer, probeert elk woord tot zich te laten doordringen.

Ik betaal een man hier op straat
Oni Bachchan
Toen ik veertien of vijftien was
Mahiya
Betalen weinig, kijken op ons neer, bastaarden
De priester zei dat het zo moest
Gevaarlijk, ik deed het toch
Niemand hield hem tegen, niemand hielp ons
Dood. Hij wist niet hoe
Ganesha heeft me geholpen
Ik hoop dat je hem mooi vindt en hem wilt dragen
Ik zal hem een goed leven voor je vragen
Ik houd zo erg veel van je
Heb een goed leven mijn kleine koningin.

Over die woorden wil ze later nadenken, nu kan ze dat niet. Ze pakt het kettinkje met het medaillon. Het weegt bijna niets. Net als haar moeders brief. Die weegt ook veel lichter dan het papier waar de vertaling op werd getypt.

Ik betaal een man hier op straat… Een vreemde moest haar moeders brief schrijven. Daar moet ze weer om huilen. Alsof iets heel moois, iets heel innigs, een beetje van zijn glans verloor daardoor. En ik kan jouw woorden niet lezen, mama, denkt ze. Ook hier was een vreemde nodig om je brief voor me te vertalen. Misschien moest pa hem betalen, zoals jij die man in een straat van Chennai moest betalen. Dat troost haar een beetje, ze snapt niet waarom, maar het is wel zo.

Ze hangt het kettinkje om en loopt naar de spiegel.

'Ik, Rani Bachchan, dochter van devadasi Oni Bachchan', zegt ze tegen haar spiegelbeeld. Het medaillon komt mooi uit tegen haar donkerblauwe pull.

'Ik, Rani Bachchan,' herhaalt ze, 'dochter van devadasi Oni Bachchan. Bharata Natyamdanseres.' Iets heel lichts en helders doorbreekt de zwaarte in haar hoofd en hart. Deze zomer zal ze haar moeder opzoeken. Deze zomer zal ze haar moeder tonen wat er van haar geworden is: iemand die de traditie van de tempeldansen voortzet. Ondanks het feit dat ze weggehaald werd uit India, het moederland van de devadasi's. Hoe wonderlijk. *Je hebt het in je genen,* hoort ze Bram zeggen. Een storm van gedachten komt opzetten, haar hoofd ontploft zowat.

Zei juf Sallie niet dat de huidige devadasi's afstammelingen waren van de tempeldanseressen die zoveel eeuwen terug hoog in aanzien stonden, rijk en geëerd waren, goed opgeleid, beschermd door edellieden en maharadja's? Dat zal ze haar moeder vertellen. Dat zal ze aan iedereen die het horen wil vertellen in dat dorp van haar moeder. En in de andere dorpen. Kijk naar mij, zal ze zeggen tegen de mensen daar. Ik zal jullie tonen wat een devadasi is. Haar mooiste danssari zal ze aandoen, haar enkelbellen, de juwelen die pa vast en zeker voor haar zal willen kopen, en ze zal dansen. Het hele repertoire zal ze dansen in die tempel in dat dorp van haar moeder. De priester en al die enge mannen die de devadasi's misbruiken, zullen zich diep schamen. Nooit zullen de dorpelingen nog op haar moeder en de andere devadasi's durven neerkijken. Ze zullen hen om vergiffenis smeken. Ze zullen eerbiedig buigen als ze hen op straat zien. Voor hen en voor hun kinderen.

Ze spreidt haar armen zijwaarts, mooi op schouderhoogte, mooi boogvormig, zingt de klanken van alaripu, beweegt nek, hoofd en ogen. De kleine armbewegingen. De eerste passen. Voor haar een groepje armoedig geklede dorpelingen, haar moeder en broers trots op de eerste rij. 'Was Mahiya nog maar hier', zal haar moeder zeggen. 'Wat zou mijn oudste dochter trots op je zijn, mijn lieve kleine koningin.'

Rani stopt met dansen, ze heeft weer tranen in haar ogen. Ze steekt een wierookstokje en twee kaarsjes aan en gaat in lotuszit voor het boekenrek zitten.

'Heer Krishna. Mijn moeder houdt van u', bidt ze. 'Iedere dag doet ze puja voor u. Dat zal ik van nu af ook doen.' Even voelt ze twijfel opkomen. Iedere dag! Kan ze dat wel beloven? Ach, ze ziet wel. Krishna is geen strenge god. Hij vindt het vast niet erg als ze eens een dagje overslaat. Of een week.

**

Zo, dat is ook afgesproken. Vijf vriendinnen komen naar haar verjaardagsfeestje. Het zou fantastisch zijn als er ook evenveel jongens waren, misschien lukt het wel. Carole probeert haar twee oudere broers zo ver te krijgen dat ze met haar meekomen. Rani vindt de jongste van de twee best leuk. Vraag hen of ze nog wat vrienden meebrengen, had ze gezegd. Zeg maar dat mijn pa een fantastische dj is en dat mijn ma voor lekkere hapjes zorgt. Tegen beter weten in nodigt ze ook Bram uit.

Nog twee weken en dan is het zover. Veertien. Volwassen. Zo voelt ze zich de laatste tijd. Alsof ze sinds de brief van haar mama jaren ouder geworden is. Het begon met dat gesprek met juf Sallie. Ze had de juf gevraagd haar zo snel mogelijk het hele repertoire te leren. 'Daar moet je niet op rekenen', zei die. 'Ik geef geen snelcursussen. Als je bij mij les wilt volgen, dan op het juiste ritme. Jouw juiste ritme.'

De juf had aandachtig geluisterd naar het waarom van al die haast. Toen had ze allemaal dingen gezegd die Rani eigenlijk niet wilde horen. Dat het heel arrogant zou zijn om haar moeder een demonstratie te geven van haar kunnen. Dat het nog arroganter zou zijn om die vrouwen te overvallen met een verhaal over hoe devadasi's vroeger leefden. Wat wilde ze daarmee bereiken? Dat ze zich schaamden over hun verval? Dat ze zich schaamden omdat een kind – dat had juf Sallie echt gezegd: een kind! – beter op de hoogte was van hun geschiedenis dan zijzelf? Een kind dat in het buitenland opgegroeid was en niets, maar dan ook niets wist over hun leven?

Ze had boos geantwoord dat ze alles wist over hun leven. Ze had immers een boel informatie over de laatste devadasi's gevonden op het net. Met zijn vijftigduizend zijn ze nog ongeveer, weet ze ondertussen. Juf Sallie schudde verbijsterd het hoofd. 'Rani, denk je nu echt dat dat voldoende is? Geloof me, meisje, je begint pas te begrijpen wat iemand doormaakt als je een tijd in dezelfde omstandigheden leeft. Niet eerder.'

Maar Rani liet zich niet zo gemakkelijk afschepen. Haar mama en haar mama's vriendinnen zouden het vast heel interessant vinden om te zien hoe de devadasi's vroeger in de tempels dansten. Dat kon toch niet anders?

'Rani, de huidige devadasi's zijn helemaal niet geïnteresseerd in dansen, ze zijn geïnteresseerd in overleven. Wat ze nodig hebben, is een beroep leren waar ze hun brood mee kunnen verdienen. Oefen jij maar de dansen die je al kent tot je ze perfect uitvoert. Daarna zien we wel.' En daarmee was voor juf Sallie de kous af.

Ma en pa hadden positiever gereageerd, dat moet ze hen nageven. Meteen hadden ze zuster Mary geschreven dat ze deze zomer langs zouden komen en haar gevraagd of ze hen kon vertellen waar Rani's geboortemoeder nu woont. Drie weken later kwam het antwoord. Er zaten twee brieven in de omslag. Ze waren in het Engels geschreven. Pa vertaalde. De eerste was van zuster Mary zelf.

Geachte mijnheer en mevrouw Debaere,

Wij hebben uw brief in goede orde ontvangen en verheugen ons u deze zomer te mogen verwelkomen. U drukt de hoop uit dat wij u inlichtingen kunnen verschaffen over de huidige verblijfplaats van de biologische moeder van Rani. Zoals u weet, mag alleen het bureau dat de adoptie regelde u dergelijke informatie geven.

Toch houd ik eraan u persoonlijk op de hoogte te stellen van een brief die we vier jaar geleden ontvingen. Wij stuurden dit schrijven door naar het adoptiebureau met de vraag die aan u te bezorgen, maar blijkbaar is dat niet gebeurd. Na ontvangst van uw huidig schrijven hebben wij onmiddellijk het adoptiebureau hieromtrent gecontacteerd. Daar beweert de verantwoordelijke niets van onze zending af te weten.

Om een herhaling van dergelijke feiten te voorkomen, sturen wij u hierbij de kopie van de brief die wij in ons dossier over Rani hebben bewaard. In de hoop u hiermee van dienst te zijn geweest, groet ik u vriendelijk.

Moge de Heer u en uw dochter beschermen.

Zuster Mary MacCavish

Nog terwijl pa aan het voorlezen was, kreeg Rani het ijskoud. Ze had zin haar oren dicht te stoppen om niet te horen wat er in die andere brief stond, maar eigenlijk maakte het niets uit. Ze wist het al. Pa moest het alleen nog een keertje hardop zeggen zodat hij en ma het ook zouden weten. Pa vertaalde de tweede brief langzaam, aarzelend, alsof zijn Engels opeens niet zo goed meer was. Hij keek haar niet aan.

Eerwaarde Zusters,

Mijn naam is Nirmala Mansur. Ik ben een medewerkster van de Saraswati Sangha[42], een ontwikkelingsproject rond devadasi's en hun kinderen. Een van de vrouwen die wij ondersteunen, heeft mij gevraagd u deze brief te schrijven. Haar naam is Oni Bachchan. Zij woont in Kothal, een dorp in het noorden van de staat Karnataka.

Mevrouw Bachchan lijdt aan een vergevorderde vorm van tuberculose en is momenteel opgenomen in het ziekenhuis. Zij weet dat ze niet lang meer te leven heeft en wil graag weten hoe haar dochter, Rani Bachchan, het maakt. Zij bracht Rani negen jaar geleden naar uw tehuis, toen het meisje ongeveer zes maanden oud was. Mevrouw Bachchan weet dat zij geen recht heeft op informatie dienaangaande, maar hoopt dat u in haar geval een uitzondering wilt maken gezien de situatie waarin ze zich bevindt.

Ook wens ik u ervan op de hoogte te brengen dat Rani's oudste broer bereid is om voor Rani te zorgen als ze de leeftijd heeft bereikt om het tehuis te verlaten. Palin Bachchan is zeventien en heeft een groot gevoel voor verantwoordelijkheid. Hij studeerde tot vorig jaar aan de technische school in de stad. Daarna trad hij in het huwelijk. Hij woont met zijn jonge bruid bij zijn moeder. Hij heeft sindsdien de zorg voor haar en voor Sabal, zijn vijf jaar jongere broer, op zich genomen. In de hoop op een antwoord groet ik u vriendelijk.

Nirmala Mansur

Nog nooit had ze zich zo verloren gevoeld als in de dagen daarna. Weg. Haar moeder was weg. Al vier jaar. Voorgoed van deze aardbol verdwenen. Nooit zou ze de vrouw zien die haar had gebaard. Nu kan niemand haar nog vertellen wie haar vader is. De band met haar verleden is doorgeknipt.

Niet helemaal, had pa haar proberen te troosten. Je hebt twee broers. Schrijf hen een brief. Zeg dat we hen komen opzoeken. Maar dat zag ze niet zitten. Ze had geen zin om twee vreemde jongens te ontmoeten en hen broer te noemen. De oudste was nu al eenentwintig. Een gehuwde man. Heel waarschijnlijk had hij zelf al kinderen.

Dan ben jij tante, had oma gelachen, toen ze haar over de brief van die mevrouw vertelde.

Toen was oma weer ernstig geworden. 'Ik weet hoe het voelt, Rani', zei ze. 'Mijn eigen moeder is gestorven bij mijn geboorte, mijn vader vier jaar later.'

Rani had geschokt gereageerd, daar wist ze helemaal niets van. Ze vroeg oma hoeveel broers en zussen ze had. Ze waren met zijn achten geweest, vertelde haar grootmoeder, zijzelf was de jongste. Het oudste meisje zorgde samen met een ongehuwde tante voor het huishouden, de oudste jongen ging uit werken. De buren en twee tantes hielpen waar ze konden. Het was niet altijd makkelijk geweest. Af en toe hadden oma en haar broers en zusjes zelfs honger geleden. Toch had ze goede herinneringen aan haar kinderjaren. Herinneringen aan samen kwajongensstreken uithalen en plezier maken. Eenmaal op dat punt gekomen, raakte oma helemaal op dreef. Ze kreeg Rani zelfs aan het lachen.

'Ik zou hen schrijven', besloot oma. 'Je hebt ginder twee broers en misschien al een hoop nichtjes en neefjes. De oudste kan je vast en zeker alles over je moeder vertellen. Misschien heeft hij wel een foto van haar. Vraag hem dat maar.'

Een foto van haar moeder! Dat zou fantastisch zijn! Dat ze daar zelf nog niet aan dacht! Nog dezelfde avond schreef ze met ma's hulp een brief naar haar broers. Pa vertaalde hem in het Engels. Dat zouden ze wel op school hebben geleerd, zei hij. Rani hoopt dat hij gelijk heeft. Aan Palin en Sabal Bachchan – Kothal – Karnataka – India, schreef ze op de enveloppe. En achteraan: 'Rani Bachchan' en haar eigen adres. Op het internet had pa gelezen dat Kothal een dorpje van maar vijfentwintig tot dertig huizen was. De brief zou wel terechtkomen.

***

'Je moeder vertelde me dat het zo'n leuk feestje was? Blijkbaar waren er enkele toffe jongens?' Oma's stem klinkt plagerig.

Rani rolt met haar ogen en zucht. 'Heeft ma weer staan roddelen? Wat heeft ze je nu wijsgemaakt?'

'Niks bijzonders. Ze had alleen de indruk dat je nogal dik was met de broer van een van je vriendinnetjes.'

'Ma doet net alsof we al jaren met elkaar gaan. Weet je dat ze hem voorstelde nog eens langs te komen? Waar haalt ze het?'

'Misschien niet zo'n slecht idee?'

Ze haalt de schouders op. Ma vindt hem allicht behoren tot 'ons soort mensen'.

Toegegeven, Cor is knap. Donkerbruin krulhaar, groengrijze ogen, brede schouders, warme handen, bijna even warm als die van pa. Het leukste is dat hij haar voortdurend aan het lachen maakt. Niet zoals Bram. Ze denkt aan de mail die ze onlangs van Bram kreeg. Iets van sorry, maar ik houd niet zo van rondhuppelen op housemuziek. Een paar zinnen over haar mama: hoe moedig van haar om dat hele eind naar Bombay en dan later naar Madras... Van hoe erg van haar dood en hoe spannend van die broers. En dan, als was het een kleinigheidje dat hij bijna vergat: *Mijn vader moet voor zijn nieuwe ambtstermijn naar Londen. Al begin juli. Geen Indiareis dus deze zomer. Dat vind ik best jammer. Ik hoop dat je ons komt opzoeken als je terugkomt van Chennai.*

Ze heeft hem nog niet geantwoord. Ze vindt de juiste woorden niet. Eigenlijk vindt ze het niet eens zo erg dat hij er niet zal zijn deze zomer. Ze zal allicht zelf niet lang in Chennai blijven: de tijd om een bezoekje te brengen aan zuster Mary en de sfeer te proeven in het tehuis. Daarna wil ze onmiddellijk naar Kothal. Naar haar broers. Naar het beeld van haar moeder in de geesten van de mensen die van haar hielden. Er is haast bij. Herinneringen vervagen. Ze kunnen zelfs helemaal verdwijnen, dat weet ze maar al te goed.

Ik hoop dat je ons komt opzoeken... Om dat zinnetje zou ze een week geleden nog in zwijm gevallen zijn van blijdschap. Nu... Ze weet niet wat ze nu voelt. Ze kan er niet helder over denken. Cor staat in de weg.

''t Is niet simpel, hé?' zegt oma meelevend. 'Mag ik je een goede raad geven? Experimenteer maar een beetje. Er zijn veel leuke jongens in de wereld en je moet er eerst een paar uittesten voor je weet welk type je het beste ligt.'

'Ma zou je moeten horen!'

'Ze zou me geen gelijk geven.'

Ze schieten allebei in de lach.

'Ma is echt te doen de laatste tijd', vertelt Rani. 'Ze is niet meer zo, hoe moet ik het zeggen...'

'Zo bemoederend?'

'Dat is het. En ook niet meer zo gespannen. Op mijn verjaardagsfeestje zong ze zelfs de liedjes mee die ze kende. Eeuwen geleden dat ik haar nog eens hoorde zingen!'

Er schiet plots een akelige gedachte door haar hoofd. Misschien is ma blij dat haar mama dood is. Had oma niet verteld dat ma bang was dat ze bij haar echte moeder zou willen blijven? Misschien is ma daarom zo vrolijk de laatste tijd. Rani kijkt oma aan. Misschien is oma daar ook wel blij om. Ach wat, het is zoals het is. Ze schudt haar haren naar achteren. Ze zijn een flink stuk gegroeid, ze kan er al een korte vlecht van maken. Gelukkig maar, ze wil er straks Indiaas uitzien als ze haar broers ontmoet.

'Oma, ik heb antwoord gekregen.'

'Antwoord?'

'Van mijn Indiase broers.'

'En dat zeg je nu pas! Laat horen.'

Ze haalt haar vaders vertaling boven. Ze leert nu iedere avond een halfuurtje Engels met hem. Ze wil straks zelf met haar broers kunnen praten of hen toch op zijn minst kunnen begrijpen. Ze schraapt haar keel en leest:

Jongste dochter van mijn moeder, namaste.

'Plechtig, hé', giechelt ze. Ik schreef gewoon 'Hello Palin'.

En dan weer ernstig:

De jongste zoon van mijn moeder en ikzelf zijn zeer vereerd een brief van u te mogen ontvangen. Wij zijn blij te horen dat het u goed gaat in uw nieuwe vaderland. Wij zijn vooral blij dat u de goden eert en iedere dag puja doet voor Krishna. Dat zou onze moeder zeer verheugd hebben.

U stelt veel vragen over onze moeder. Onze moeder was een goede vrouw. Toen de mensen van Saraswati Sangha naar ons dorp kwamen, mochten we van haar meteen naar school gaan in de stad. Daar leerden we lezen en schrijven in onze eigen taal en in het Engels. We leerden er ook metaal bewerken. Mevrouw Mansur zorgde ervoor dat onze moeder en de andere devadasi's westerse kleren leerden naaien. Die verkocht ze voor hen in de stad. Na een tijdje verdienden ze geld genoeg om hun oude werk niet meer te moeten doen.

Mevrouw Mansur en haar medewerkers hielpen de vrouwen die hun dochters niet aan de godin van de tempel wilden wijden. Nu kunnen die meisjes ook naar school. De priester en de mannen van de omliggende dorpen waren heel kwaad op mevrouw Mansur, maar wij waren blij. Als mevrouw Mansur niet gekomen was, dan had mijn vrouw ook devadasi moeten worden.

Onze moeder vond het heel erg dat u nu in het tehuis was en dat ze u niet mocht terughalen. Sabal en ik begrepen niet waarom dat niet mocht. Onze moeder zei dat het haar en uw karma was. Mevrouw Mansur was zes jaar te laat gekomen, zei ze altijd.

Nadat onze moeder gestorven was, ben ik zonder aan iemand iets te zeggen toch naar het tehuis gegaan. De zusters hadden mevrouw Mansur laten weten dat u daar niet meer was. Ik kon maar niet geloven dat westerlingen u zomaar meegenomen hadden. Dat ze uit al die kinderen in dat tehuis juist u gekozen hadden. Maar het was waar. Dat vonden Sabal en ik heel erg. Het is moeilijk voor ons om te geloven dat u het goed hebt in een vreemd land.

We zijn blij dat u naar ons dorp wilt komen. U en uw nieuwe ouders zijn heel welkom. Onze buren hebben telefoon. U mag hen altijd 's avonds bellen.

Het spijt me u te moeten schrijven dat ik geen foto heb van onze moeder.

Moge Krishna u en uw geliefden zegenen.

Vanwege de oudste zoon van uw moeder,

Palin Bachchan

'Hij wilde je terughalen', zegt oma zacht. 'Dat was lief van hem en ook heel dapper, vind je niet?'

Rani antwoordt niet. Ze is een beetje bang voor de ontmoeting. Stel dat het tegenvalt.

'Wat een avontuur, hé! Ik wou dat ik met jullie meekon. Ik reken erop dat je een pak foto's neemt en me er alles over vertelt als jullie terug zijn.'

Dat belooft ze. Als ze een tijdje later naar huis stapt, bedenkt ze dat ze eigenlijk, eigenlijk, echt waar, veel geluk heeft. Hier zijn pa, ma, oma, haar vriendinnen en nu ook Cor. In India wachten twee broers en een schoonzus op haar en misschien ook al neefjes en nichtjes. Hier heeft ze een eigen kamer, een computer, een mobieltje en allerlei spullen. Ze kan fietsen, zwemmen, naar de dansles. Ooit is ze een volleerde Bharata Natyamdanseres heeft ze zich voorgenomen. Nee, ze kan niet zeggen dat haar karma tegenvalt tot nu toe. En er is nog altijd Bram.

Thuis loopt ze naar haar kamer en start haar computer op. Even opzoeken hoe lang de treinrit vanuit Brussel naar Londen duurt. Amper twee uur, een peulenschil! Maar wel duur. Ze kan hem niet zomaar eventjes een bezoekje brengen, zoveel zakgeld krijgt ze nu ook weer niet. Ze haalt de foto die hij haar enkele maanden geleden toestuurde uit haar album en legt hem op het bureaublad. Haar maag trekt samen. Wanneer zal ze hem terugzien? Wat als het iets wordt met Cor? Zal Bram haar dan nog willen zien? Zal hij zich verraden voelen? Ze herinnert zich hoe hij naar haar keek in het verkleedlokaal na het Ramayanaoptreden. Alsof hij iets zag waar hij erg gelukkig om was, iets wat alleen hij kon zien.

'Bram', zegt ze hardop. En dan 'Cor.' Het klinkt even kort als 'Bram' maar ronder, voller. 'Cor, Cor, Cor.' Je spreekt het uit met getuite lippen, zoenlippen. Ze heeft zin om Cor te zoenen. En om hem eens flink te knuffelen. Hij heeft zo'n lekker lijf, dat heeft ze goed gevoeld toen ze met hem danste op haar verjaardagsfeestje. Cor is er nu. Hij is hier. Eén telefoontje en hij hangt al aan de bel. Hij wil niets liever dan haar vriend zijn, dat weet ze gewoon.

Wat ze met Bram heeft, voelt anders. Vertrouwder. Alsof ze al heel lang iets met elkaar hebben. Iets dat altijd zal doorgaan. Het doet er niet toe of ze elkaar misschien een jaar lang niet zien. Bram zal er altijd zijn voor haar, waar ook ter wereld. Ook dat weet ze gewoon. Ze voelt zich opeens rustig, typt zijn mailadres.

Hoi Bram,

Je had ongelijk. Het was een fantastisch feest, al zeg ik het zelf!
Jammer dat je niet naar India kunt deze zomer. Je had je er waarschijnlijk erg op verheugd.
Ik ben wel blij dat ze je vader niet eindeloos ver weg sturen. Pa zegt dat er in Londen een grote Indiase gemeenschap is, je vindt het er vast leuker dan hier.

Ze klikt zijn website aan, dan Kalakshetra, bekijkt de foto's van de muzieklessen. Hoeveel jaar duurde die muziekopleiding ook weer? Vijf. En die van Bharata Natyam?

Ik weet niet of ik je deze zomer al kan komen opzoeken, maar ik mail je zeker over hoe het was in India. Beloofd! Misschien ontmoeten we elkaar daar volgend jaar wel. Nu we weten waar mijn familie woont, mag ik er misschien elke zomervakantie naartoe. Wie weet ga ik na de middelbare school niet de Bharata Natyamopleiding volgen in Kalakshetra? Ik zag net dat die korter is dan de muziekopleiding. Als we ieder jaar voor onze examens slagen, dan studeren we tegelijk af!
Ik wens je in elk geval een pak toffe vrienden daar in Londen. En niet al te veel problemen op school. Maar dat zal wel niet. Daar ben je een veel te knappe bol voor.

Kus.

Je rakhizusje

Je rakhizusje. Nee, ze is meer dan dat. Wat, dat kan ze niet benoemen. Ze aarzelt even, typt dan toch een plusteken: *Je rakhizusje+*. Hij zal het wel begrijpen.

Ze leest haar tekst nog eens na en klikt op 'Verzenden'. Dan stopt ze zijn foto weer in haar album, bladert er langzaam door. Van scheel scharminkeltje tot Sita. De kopieën van ma's aantekeningen. De foto van Bram. Zijn brief. Het adres van het tehuis. De brief van haar geboortemama, die van zuster Mary, die van mevrouw Mansur, die van haar Indiase broer.

Voorzichtig legt ze het album weer in haar bureaula en loopt naar het Krishnabeeldje, steekt een wierookstokje aan, twee kaarsjes. Ze neemt het boek dat Bram haar gaf. Het roept haar. Misschien, denkt ze, las iemand hier een stukje uit voor aan mijn mama toen ik geboren werd. Misschien herkent iets in mij het wel.

Hindoegoden en -helden

Agni: god van het vuur. Bij hindoeïstische erediensten wordt het vuur gezien als bemiddelaar tussen goden en mensen en als zuiverend element.

Draupadi: prinses van een oud Indiaas koninkrijk. Huwde met vijf broers. Haar vijf echtgenoten streden tegen hun honderd neven om de heerschappij over het toenmalige India dat toen de naam Bharata droeg.

Ganesha: de kindgod met de olifantenkop. Verwijdert de obstakels op onze levensweg. Bewaker van de poorten. Zoon van de god Shiva. Heeft de kracht en de wijsheid van een olifant en de speelsheid van een kind. Wordt door de gelovigen aangeroepen als ze met iets nieuws beginnen.

Hanuman: apengeneraal. Hielp Rama bij het opsporen en bevrijden van zijn vrouw Sita, nadat die door een tienkoppige demonkoning ontvoerd was.

Krishna: een van de meest geliefde hindoegoden. Wordt afgebeeld als koeherder, spelend op een dwarsfluit en met pauwenveren op het hoofd. Als kind haalde hij allerlei kattenkwaad uit en kon hij ook wonderen doen. Hij was een heel charmante jongeman op wie alle herderinnetjes uit de omgeving verliefd waren. Hij wordt ook wel de 'heer van de liefde' genoemd. Hij neemt als wagenmenner deel aan de strijd die beschreven wordt in de Mahabharata. Net voor de strijd geeft hij wijze raad aan een van de krijgers. Dit gesprek vormt een onderdeel van de Mahabharata en kreeg als titel: 'Bhagavad Gita', wat 'lied van de Heer' betekent.

Rama: echtgenoot van prinses Sita. De dag voor zijn troonsbestijging wordt hij voor veertien jaar verbannen naar het Dandakawoud waar zijn vrouw ontvoerd wordt door Ravana. Het verhaal van Rama is beschreven in een beroemd epos (heldendicht), de Ramayana.

Ravana: tienkoppige demonkoning van Lanka. Ontvoerde prinses Sita, echtgenote van Rama.

Saraswati: godin van kunsten en wetenschappen. Wordt afgebeeld zittend op een gans, zwaan of pauw terwijl ze een *vina* (snaarinstrument) bespeelt.

Shiva: vader van Ganesha. Men zegt van hem dat hij al dansend de wereld geschapen heeft en hem ook al dansend zal vernietigen. Daarom wordt hij de 'heer van de dans' genoemd. Hij heeft nog vele andere titels.

Sita: prinses. Geliefde vrouw van prins Rama.

Noten

1 **Bharata Natyam**: klassieke Zuid-Indiase dans. Oorspronkelijk afkomstig uit de deelstaat Tamil Nadu in Zuid-India. Werd gedurende tweeduizend jaar opgevoerd in tempels als onderdeel van de eredienst voor de goden. Wordt nog steeds onderwezen in India en daarbuiten. Ook in westerse landen worden cursussen Bharata Natyam gegeven en kunnen opvoeringen worden bijgewoond.

2 **Nattuvanar**: zingt de liederen en slaat met zijn cimbalen het ritme waar de tempeldanseres op danst. Tot in de eerste helft van de twintigste eeuw verzorgde hij de volledige dansopleiding van een devadasi (tempeldanseres). Hij was haar goeroe (leraar).

3 **Reïncarnatie**: wedergeboorte. Reïncarnatieleer: leer die zegt dat ieder levend wezen dat sterft opnieuw geboren wordt.

4 **Hasta**: handhouding in Bharata Natyam (klassieke Zuid-Indiase dans). Er zijn achtentwintig houdingen voor de enkele hand en vierentwintig voor de twee handen samen.

5 **Adavoe**: reeks passen die samen met welbepaalde oog-, arm-, hoofd-, hand- en lichaamshoudingen uitgevoerd worden in Bharata Natyam (klassieke Zuid-Indiase dans).

6 **Tika**: gekleurde markering op het voorhoofd van hindoevrouwen, gemaakt van een vermiljoenpasta gemengd met witte sandelhoutpasta of as. Stadsvrouwen gebruiken tegenwoordig meestal vilten stickers.

7 **Kohl**: mengsel van roet en andere ingrediënten. Wordt in India door vrouwen als eyeliner rond de ogen aangebracht. Bij kinderen als bescherming tegen insecten en oogziekten.

8 **Sari**: traditioneel kledingstuk van Indiase vrouwen bestaande

uit een lap stof van vijf tot zeven meter lang, die om het middel wordt gewikkeld en waarvan het uiteinde (de palloe) over een schouder wordt gedrapeerd.

9 **Hindoe:** volgeling van het hindoeïsme, oudste nog levende godsdienst ter wereld, komt vooral voor in Azië (India, Indonesië...) en Oost-Afrika. In het Westen vooral bekend vanwege zijn spirituele filosofieën en zijn veelgodendom.

10 **Devadasi:** dienares van de goden, tempeldanseres. Iemand die zich helemaal heeft gewijd aan de klassieke danskunst. Was getrouwd met de god van de tempel waar ze aan verbonden was.

11 **Kalaripayat:** eeuwenoude, sierlijke, Zuid-Indiase vechtsport, afkomstig uit de deelstaat Kerala (Zuid-India).

12 **Ramayana:** verhaal van Rama. Indiaas epos (heldendicht) dat de lotgevallen van prins Rama en zijn vrouw Sita vertelt.

13 **Lanka:** Sri Lanka, eiland in de Indische Oceaan even ten zuiden van India.

14 **Chennai:** het vroegere Madras, gelegen aan de oostkust. Hoofdstad van de Indiase deelstaat Tamil Nadu (Zuid-India).

15 **Rakhi:** koordje of bandje dat zussen om de pols van hun broers binden tijdens het Raksha Bandhanfeest op de dag van de volle-maan van augustus.

16 **Mantra:** een klank of een reeks woorden die samen een aanroe-ping of een gedicht vormen.

17 **Kurta:** lang Indiaas loshangend overhemd voor mannen.

18 **Dhoti:** traditioneel kledingstuk voor Indiase mannen, bestaande uit een doek die in de lenden wordt vastgeknoopt en tot op de

enkels hangt. Soms wordt een van de uiteinden tussen de benen omhooggetrokken en achteraan bevestigd, waardoor een soort pofbroek ontstaat.

19 **Palloe**: mooi bewerkt uiteinde van een sari dat over de schouder wordt gedrapeerd en tot iets boven de enkel hangt.

20 **Kunsthistorica**: vrouwelijk voor kunsthistoricus, iemand die de geschiedenis van de kunst bestudeert.

21 **Kalakshetra**: instituut voor klassieke Indiase dans, muziek en schone kunsten. In 1936 opgericht te Chennai door een vrouw uit de hoogste kaste, Rukmini Devi genaamd.

22 **New Delhi**: administratief stadsdeel van Delhi, hoofdstad van India.

23 **Namaste**: Indiase groet, uitgevoerd door de handpalmen tegen elkaar te drukken voor hoofd of borst. Tegelijk kan het woord 'namasté' worden uitgesproken.

24 **Mahabharata**: groot Indiaas epos (heldendicht) over de strijd tussen twee takken van dezelfde familie om de heerschappij over Bharata (oude naam voor India).

25 **Bhagavad Gita**: vertaling: 'lied van de Heer'. Belangrijke filosofische tekst in het hindoeïsme. Onderdeel van de Mahabharata (Indiaas heldendicht).

26 **Samosa**: driehoekig deegkoekje gevuld met een kruidig mengsel van aardappelen, uien en erwten. Kan ook een zoete vulling krijgen.

27 **Curry**: sterk gekruid sausgerecht. Naam voor mengeling van gedroogde en gemalen kruiden.

28 **Bollywood**: naam van de Indiase filmindustrie in het voorma-
lige Bombay (nu Mumbai), naar analogie met Hollywood, naam
van de Amerikaanse filmindustrie.

29 **Karma**: handeling. Dat wat je doet en de gevolgen daarvan.

30 **Kastenstelsel**: eeuwenoude onderverdeling van de hindoemaat-
schappij in vier standen: de priesters en geleerden, de strijders
en heersers, de handelaars en landbouwers, de dienaren en ar-
beiders.

31 **Salwar kameez**: wijde broek met kuitlange tuniekbloes erover;
een lange smalle sjaal wordt over de schouders gedrapeerd.

32 **Maharadja**: 'grote heerser', een hoge Indiase vorst.

33 **Thanjavur**: grote Zuid-Indiase stad die haar hoogtepunt kende
van de negende tot de elfde eeuw na Chr. In de grote aan Shiva
gewijde tempel traden in die periode iedere avond honderden
danseressen en muzikanten op.

34 **Maharani**: 'grote koningin', vrouw van een maharadja, een hoge
Indiase vorst.

35 **Alaripu**: openingsdans bij een uitvoering van Bharata Natyam
(klassieke Zuid-Indiase dans). De god Shiva, de heer van de dans,
hield erg veel van de danshoudingen die in alaripu worden uitgevoerd.

36 **Tillana**: in hoog tempo uitgevoerde spectaculaire einddans van
een Bharata Natyamdansvoorstelling.

37 **Madras**: het huidige Chennai, hoofdstad van de Indiase deelstaat
Tamil Nadu (Zuid-India).

38 **Kalari**: oefenzaal/school voor kalaripayat, een sierlijke, Zuid-Indiase vechtsport.

39 **Goeroe**: meester, leraar.

40 **Bombay**: oude naam van een grote Indiase stad gelegen aan de westkust, hoofdstad van de Indiase deelstaat Maharashtra. De huidige naam is Mumbai.

41 **Puja**: ritueel van aanbidding of verering van een hindoegod in een tempel of voor een huisaltaar.

42 **Sangha**: gemeenschap.

Nicole Derycker

Na een vrij korte periode in het onderwijs ging Nicole Derycker in een boekhandel werken. Daar kon ze naar hartenlust grasduinen in de boeken die haar het meest interesseerden: werken over psychologie en spiritualiteit. De grote filosofische stromingen binnen het hindoeïsme trokken meer en meer haar aandacht. Twee reizen naar India volgden.

Toen ze in Mumbai een optreden Zuid-Indiase tempeldans bijwoonde, was ze zo gefascineerd door de combinatie van dynamische kracht en verfijnde sierlijkheid die van deze dansvorm uitgaat dat ze besloot om zelf een Bharata Natyamopleiding te volgen.

De meeste Bharata Natyamdansen brengen een ode aan de hindoegoden en op die manier maakte Nicole ook kennis met het hindoeïsme en de verschillende goden. Ze raakte meteen gefascineerd door deze bijzondere cultuur en de fantastische verhalen over de hindoegoden en -godinnen.

Omdat schrijven een andere grote liefde van haar is, kon een jeugdboek waarin de klassieke Zuid-Indiase tempeldans een voorname rol speelt niet uitblijven.

Mailen kan naar: nicolederycker@skynet.be